La muerte me da

CRISTINA RIVERA GARZA

La muerte me da

RANDOM HOUSE

El papel utilizado para la impresión de este libro ha sido fabricado a partir de madera procedente de bosques y plantaciones gestionadas con los más altos estándares ambientales, garantizand una explotación de los recursos sostenible con el medio ambiente y beneficiosa para las personas.

La muerte me da

Primera edición en Random House: noviembre, 2025

Publicado por acuerdo con The Wylie Agency (UK) LTD.

Penguin Random House Grupo Editorial, S. A. de C. V.
Blvd. Miguel de Cervantes Saavedra núm. 301, 1er piso,
colonia Granada, alcaldía Miguel Hidalgo, C. P. 11520,
Ciudad de México

penguinlibros.com

ISBN: 978-607-386-756-6

Impreso en México – *Printed in Mexico*

a lrg

... víctimas de las preguntas: ¿quién me está matando?,
¿a quién me estoy entregando para que me mate?

I

LOS HOMBRES CASTRADOS

However, with humans, castration should not be understood as the basis for denying the possibility of the sexual relation, but as the prerequisite for any sexual relation at all. It can even be said that it is only because subjects are castrated that human relations as such can exist. Castration enables the subject to take others as Other rather than the same, since it is only after undergoing symbolic castration that the subject becomes preoccupied with questions such as «what does the Other want?» and «what am I for the Other?».[1]

RENATA SALECL

1 «Sin embargo, en el caso de los humanos, la castración no debe ser entendida como fundamento de la negación a la relación sexual, sino como el prerrequisito para cualquier relación. Incluso puede decirse que es solo por el hecho de que los sujetos estén castrados que las relaciones humanas pueden existir como tales. La castración le permite al sujeto entender a los otros como Otro en lugar de lo mismo, ya que solo después de experimentar la castración simbólica el sujeto empieza a preocuparse por cuestiones como "¿qué desea el Otro?" y "¿qué soy para el Otro?"».

1

LO QUE CREÍ DECIR

—Pero si es un cuerpo —farfullé para nadie o para alguien dentro de mí o para nada. Al inicio no reconocí las palabras. Dije algo. Y eso que dije o creí decir era para nadie o para nada o era para mí que me escuchaba desde lejos, desde ese lugar interno y hondo a donde no llegaban nunca el aire o la luz; ahí donde se iniciaba, hostil y avorazado, el murmullo, el atropellado aliento sin voz. Un pasadizo. Un bosque. Lo dije después del azoro; después de la incredulidad. Lo dije cuando el ojo pudo descansar. Luego de ese largo rato que me tomó volverlo forma (algo visible) (algo enunciable). No lo dije: salió de mi boca. La voz baja. El tono del espanto o de la intimidad.

—Sí, es un cuerpo —debí decir y, en el acto, cerré los ojos. Luego, casi de inmediato, los abrí otra vez. Debí decirlo. No sé por qué. Para qué. Pero levanté los párpados y, como estaba expuesta, caí. Pocas veces las rodillas. Las rodillas cedieron al peso del cuerpo y el vaho de la respiración entrecortada me nubló la vista. Trémula. Hay hojas trémulas y cuerpos. Pocas veces el tronar de los huesos. Cric. Sobre el pavimento, a un lado del charco de sangre, ahí. Crac. Las piernas dobladas, los empeines al revés, las palmas de las manos. El pavimento se conforma de rocas pequeñísimas.

—Es un cuerpo —dije o debí decir, balbucir apenas, para nadie o para mí que no podía creerlo, que me negaba a creer, que nunca creí. Los ojos abiertos, desmesuradamente. El llanto. Pocas veces el llanto. Esa invocación. Ese crudo rezo. Lo estaba observando. No había escapatoria o cura. No tenía nada adentro y, alrededor de mí, solo estaba el cuerpo. Lo que creí decir. Una colección de ángulos imposibles. Una piel, la piel. Cosa sobre el asfalto. Rodilla. Hombro. Nariz. Algo roto. Algo desarticulado. Oreja. Pie. Sexo. Cosa roja y abierta. Un contexto. Un punto de ebullición. Algo deshecho.

—Un cuerpo —creí decir o farfullar apenas para nadie o para mí que me volvía bosque o pasadizo, orificio de entrada. Negrura. Creí que dije. Pocas veces los labios que se niegan a cerrarse. La vergüenza. Su último minuto. Su última imagen. Su última frase completa. La nostalgia por todo eso. Pocas veces. Quedarse quieta.

Cuando volví a decir lo que creí que dije, cuando dije para mí, que era la única que me escuchaba desde ese lugar interno y lejano donde se generaba y se consumía el aire o la luz, fue ya demasiado tarde: había hecho las llamadas correspondientes y, como yo lo había encontrado, me había convertido ya en la Informante.

2

MI PRIMER CADÁVER

No, no lo conocía.
No, nunca había visto algo así.
No.

Es difícil explicar lo que uno hace. Es difícil decirle a quien interroga con esa mirada vehemente café crepuscular que es mejor, más interesante en todo caso, correr por los callejones que por las calles de la ciudad. ¿Es una ciudad un cementerio? Que es mejor correr ahí, incluso, que sobre la pista de tartán. Un lugar azul. Algo que no es un lago. El problema son las rodillas, claro está. Y el peligro. Es difícil confesarle a una oficial del Departamento de Investigación de Homicidios que el aliciente es, precisamente, el peligro. O lo inesperado. Lo distinto. Detallar, en toda su lenta dispersión, la rutina diaria para que alguien a quien le interesa otra cosa, alguien a quien le interesa resolver un crimen, pueda entender que correr por los callejones de la ciudad es una mejor alternativa que correr en una pista de tartán o sobre las banquetas alumbradas: eso es difícil. Decirle: así es, en efecto, oficial, el peligro: lo que se esconde ahí: lo que no ocurre en otro lugar. Es difícil hablar en monosílabos.

Corría. Corro usualmente al atardecer. También al amanecer, pero sobre todo en el atardecer. Corro en la pista de tartán. Corro de la cafetería al apartamento. Evito las banquetas y las calles, prefiero los atajos. Los callejones. Los caminos estrechos. No, no corro para hacer ejercicio. Corro por placer. Para llegar a algún lado. Corro, si así lo quiere ver, utilitariamente.

No hay tiempo de decirlo. No debe interesarle. Pero correr, esto es lo que pienso, es una cosa mental. En cada corredor debe haber una mente que corre. La meta es el placer. El reto de la mente consiste en quedarse donde está: en la respiración, en el resuello, en la rodilla, en la mano, en el sudor. Si se va a otro lado, pierde. Si imagina y se va a otro lado, pierde más. El reto de la mente es ser el cuerpo. Si se lo propone, si lo logra, la mente entonces lo vuelve su cómplice y, ahí, en esa complicidad, surge el desvío que aleja a la mente, al cuerpo, del aburrimiento. El desvío es el placer. La meta.

Sí, algunas veces hay gatos muertos. Palomas. No, nunca hombres. Nunca mujeres. No, nada de eso. Este es mi primer cadáver.

Es difícil hablarte de tú. ¿Por qué habría?

Verte: la cara lampiña, la camisa blanca, los zapatos de charol. Todo es un cementerio, se sabe. Una aparición siempre es una aparición. Me dices que nada cambia. ¿Por qué no habría de dudarlo? Estoy segura de que sabes silbar. Tienes ese tipo de boca sobre la boca semiabierta por la que ya no entra el aire ni la noche. Mi primer.

A veces drogadictos. Comparten jeringas. Las ofrecen. Sí.

No. Nada más corro. Nada más.

Las endorfinas, me explican, causan adicción. Uno empieza a correr y, luego, ya no puede parar. Si eso cuenta, entonces sí. Adicta.

Primero está la sensación de realidad que provoca el caer sobre los pies propios. Una vez. Otra vez. Una y otra. Acompasado, el trote. Los pasos. Es posible que alguien huya, desaforado. Esa relación intermitente entre el suelo y el cuerpo —el peso de los dos. La gravedad y la antigravedad. Un diálogo. Una ardiente discusión. Y la relación, también discontinua, entre el paisaje y la mente. Las siluetas de los árboles y el fluir de la sangre. Todo pasa tan rápido al final, eso dicen. Los colores de los autos y la más reciente preocupación. Los ángulos de los ventanales y el recuerdo o el dolor. Toda una vida: las palabras: toda una vida. La lucha, siempre feroz, por concentrarse. Estoy aquí. Estoy ahora. A esto se le llama Soy Mi Respiración. El sonido interno. El ritmo. El peso. El escandaloso rumor del yo dentro de la pecera oscura del esqueleto. Pero es que sigue siendo tan difícil hablarte de tú. Solo más tarde el estrépito. El ardor. El aire que parece adelgazarse frente a las fosas nasales: filos delgadísimos dentro de los pulmones. Una implosión. Esa manera violenta en la que se desatan las endorfinas produciendo una euforia que en mucho se parece al deseo o al amor o al placer. ¿Qué será todo eso, mi primer? La ligereza. La velocidad. La posibilidad de levitar. Cuando empiezo a correr, ese es el momento al que voy. Ese es el momento que persigo. Esa es la meta.

Sí, escribo. También. También por placer, como correr. Para llegar a algún lado. Utilitariamente. Para llegar al fin de la página, quiero decir. No para hacer ejercicio. Si me entiende: cosa de vida o muerte.

Es difícil explicar lo que uno hace. Las causas. Las consecuencias. El proceso. Es difícil explicar lo que uno hace sin echarse a reír o a llorar, desmesuradamente. Mi ojo me mira ahora sin precaución. Ante la imagen del asesinado que se introduce como ruido blanco en el interrogatorio; ante eso que ya no vemos, pero que no podemos dejar de ver, ¿qué carajos importa llegar o no llegar al final de la página? Es un rectángulo, ¿no lo ves?, le pregunto. No estoy en condiciones de decir que hacer eso, llegar al final de la página, sea una cuestión de vida, una cuestión de muerte. ¿Dónde está la sangre que lo prueba?, me preguntas. ¿Dónde está mi sangre?, afirmas, perplejo.

No, nunca lo había visto en el vecindario.

Sí, suelo poner atención a esas cosas. Rostros nuevos. Mascotas perdidas. Negocios. Sí, interacciones personales. Sociales. Pero no lo había visto por aquí. No.

Estoy segura.

Sí, estoy al tanto de que faltaba el pene. Mutilación. Hurto. Algo que no está. Estoy al tanto de todo eso.

Sí, es una cosa terrible contra los muertos.

No puedo más.

Estoy segura.

Una cosa terrible. Sí. Contra los muertos.

3

EL CAMPO DE ACCIÓN DE LA POESÍA

La Detective del Departamento de Investigación de Homicidios me mostró una fotografía de los ladrillos de la pared del restaurante chino, específicamente los ladrillos de la esquina donde termina el restaurante y detrás de la cual se desdobla, con su estrechez monumental, el Callejón del Castrado. Ya lo llamaban así. Fue algo casi inmediato. Los ladrillos, no podía dejar de notarlo, estaban cubiertos por la luz irreal que, con frecuencia, me saca de casa y me conmina a inhalar el aire del mundo a eso de las 6:15 de la tarde. Todo esto en la ciudad.

—¿Reconoce esto? —preguntó la oficial con la mirada en el travesaño de mi nariz, la punta de las pestañas. Yo, sin despegar los ojos del recuadro, callaba. Veía. Examinaba.

No me costó mucho dar con ellas. Estas palabras diminutas, pintadas con esmalte para uñas color coral, estaban ahí, en esa esquina, bajo esa luz hipotética, sobre la textura desigual de un ladrillo:

Cuídate de mí, amor mío
cuídate de la silenciosa en el desierto
de la viajera con el vaso vacío
y de la sombra de su sombra.

—Muy literario ¿no le parece? —insistió la Detective frente a mi silencio—. Su campo de acción ¿no es cierto?

Le sonreí porque nunca antes había pensado en la poesía como un «campo de acción» y porque los versos de Alejandra Pizarnik eran en efecto, en un súbito aquí y ahora, una gran cosa terrible en contra de los muertos. Una hazaña. Una saña en letras diminutas. Algo pequeñísimo.

No la vi a ella. Evité verla. No despegué la mirada de la fotografía. Vi, en cambio, otra cosa, uno siempre ve otra cosa, vi las imágenes de una instalación: *Great Deeds Against the Dead*, 1994. Fibra de vidrio, resina, pintura, cabello artificial, 277 por 244 por 152 centímetros. Jake y Dinos Chapman, nacidos en la década de los sesenta, habían dispuesto tres figuras masculinas de tamaño natural alrededor de un tronco. Atados y desnudos, en posiciones de lejanas resonancias religiosas (un cuerpo crucificado, los brazos abiertos), los hombres que colgaban de los troncos carecían de genitales. Vi eso. Ahí donde deberían estar el pene y los testículos se encontraba, en su lugar, la carne mancillada, terrena. La falta en rojo. La castración. Todo eso envuelto en el aroma ácido de la sangre. Todo eso en Londres. Jake y Dinos Chapman habían declarado a la prensa que se concebían como un par de oxímoros escopofílicos que herían los ojos. Jake y Dinos Chapman aseguraron que eran artistas. Vi otra cosa y, por eso, te vi. Una ciudad siempre es un cementerio.

Estábamos dentro de la oficina de la Detective —un sótano cimbrado por el ruido de voces desiguales y la velocidad blanca de papeles que van de mano en mano— y, tal vez por eso, las minúsculas palabras en esmalte de uñas parecieron más amenazadoras y más cómicas. Un cuento infantil. Ese tipo de crueldad. En este lugar a donde no parecía llegar otra luz más que la artificial, en donde los ojos de la Detective se acostumbraron seguramente a su propia opacidad, las palabras de Alejandra Pizarnik hacían que el mundo de allá afuera, el mundo que la mató, pareciera benigno o banal.

—Son palabras brutales —le dije finalmente, viéndola de frente, aceptando su reto—. *La viajera con el vaso vacío* —repetí como si recitara ante un público muy calladito de puros niños—, *la sombra de su sombra* —enuncié, con toda lentitud, mientras comprobaba que en ese momento los ojos color café oscuro de la Detective, que me miraban con insistencia, con toda concentración, con el tipo de concentración que siempre me ha hecho pensar en una mente que está escribiendo, se encendieron—. Eso lo hizo siempre muy bien Pizarnik. Decir cosas brutales.

La Detective me sonrió. Un eco. Algo lejano.

—Lo sabía —me dijo con un acento extraño en algún lugar de la voz mientras lanzaba su mano hacia mi codo derecho, guiando mi cuerpo levemente, con gracia incluso, hacia la salida de su sótano—, sabía que usted y yo hablaríamos mucho de poesía.

No fue sino hasta después, hasta mucho tiempo después, que lo supe: su frase de despedida no era una invitación, sino una amenaza.

Al llegar a la puerta de mi apartamento, justo cuando le daba a la llave la tercera vuelta a la izquierda, me pregunté si ella también había ido ahí. La instalación había estado en la ciudad no hacía mucho y, con toda seguridad, por eso la frase que había pronunciado más bien al azar en el sótano de la Detective me la trajo a la memoria: *Great Deeds Against the Dead*. Una traducción incompleta, sesgada, real. Un eco de Goya. Una reverberación de la guerra. Grandes cosas, sí, terribles cosas contra los muertos. Eso nos toca. Hazañas contra ellos. *Cuídate de mí, amor mío.* Me pregunté si la Detective también lo había visto o si ella solo se había referido al grabado. El original. Francisco de Goya y Lucientes: *Tristes presentimientos de lo que ha de acontecer. Enterrar y callar. Ya no hay tiempo. Tanto y más. Fuerte cosa es. Esto es peor. ¡Grande hazaña! ¡Con muertos! Yo lo vi. Esto es malo. Lo peor es pedir. ¿De qué sirve una taza? Las resultas. Murió la verdad. Sucedió así.*

Me pregunté si no había visto nada. Si no había sido más que una gran coincidencia.

Mientras la puerta cedía con gran lentitud ante el torpe embate de la llave, recordaba que Goya había dicho todo eso en aguafuerte. Los títulos como pedazos de un diálogo entre muertos. El pincel mojado en tinta especial sobre una plancha protegida por resina en polvo. El calor, luego, y la resina que acababa por adherirse al metal produciendo una superficie granulada. Todo esto en una ciudad con el nombre de Madrid. La estela de la resistencia ante la invasión de un hombre llamado Bonaparte. Una sublevación: 85 láminas, 45 acerca de la masacre y 16 sobre la hambruna que, un par de años después, ocasionó veinte mil decesos, entre ellos el de su esposa. *Fatales consecuencias de la guerra.* Eso es lo que dijo Goya. La plancha de metal cubierta con barniz y luego, dentro del ácido, solo dentro del ácido, los surcos marcados en el cobre. La lesión emergida. Los dedos de mi imaginación tocaban eso, esa lesión, en el aire estático del apartamento, cuando por fin pude entrar. La lesión iluminada. Los ojos caían sobre ella una vez y otra más. El corte. La hendidura. Obsesivos, los ojos. Incapaces de ver algo más. Ciegos para cualquier otra cosa. Caí sobre el sillón. Pocas veces las rodillas. La bolsa sobre el suelo. El aire que por fin escapaba de la boca. Yo no sé silbar. Me acordé de eso. Entonces me pregunté, ahí, inmóvil, ovillada sobre la blanda superficie del sofá (la mejilla izquierda sobre el asiento), (la mano derecha colgando huérfana hasta casi tocar el suelo), si la Detective, que seguramente estuvo ahí, en la muy sonada exposición de los hermanos Chapman, habría tomado, con una delicadeza que ahora me resultaba difícil de concebir, la alargada copa de champán mientras discurría, con esa ufana o precavida indiferencia, sobre lo increíble que resultaba siempre ver, sin importar si se trataba de Goya o de los hermanos Chapman, de un grabado o de una instalación o del hecho real, el cuerpo de un hombre castrado. Me pregunté ahí, ovillada aún, las rodillas casi frente a la boca, la mano derecha ahora sí rozando el suelo, si la Detective que acababa apenas de interrogarme con gran meticulosidad y sin muestra alguna de cansancio, con una disciplina que por férrea daba la impresión de ser poco humana, habría disfrutado el coctel. Las burbujas del champán. La leve bullida vaporosa embriaguez. Los cuchicheos.

4

LA VÍCTIMA SIEMPRE ES FEMENINA

Fue después del tercer asesinato que la Detective volvió a buscarme. Me habló por teléfono y así concertamos una cita en el café que está a un lado del restaurante chino. Cuando llegué, todavía jadeando después de los quince minutos de carrera, ella me esperaba ya con un café americano, sin azúcar, en el lado vacío de la mesa. Sus dedos tamborileando al compás de una vieja melodía. La impresión, instantánea, de que la mujer vivía dentro de una casa de paredes verdes; seguida, de inmediato, de la impresión de que la mujer no tenía casa. Ninguna pared alrededor.

—Así que sigue corriendo —mencionó con ese acento extraño en una de las esquinas de su voz, casi en sus afueras. Yo, por toda respuesta, asentí con la cabeza y me dirigí a la barra a saludar al dueño y a pedir un vaso de agua.

Alguien corre, te dije, convencida de que todo era un cementerio. Luego actué como si no pasara nada. Como si no pasaras.

—¿Interrumpo su trabajo? —me preguntó mientras se arremolinaba sobre su asiento. Se notaba que no era una experta en el campo de las pláticas insulsas y que tenía prisa por llegar al grano y abordar el asunto que nos mantenía una frente a la otra, en franca actitud de expectación.

—Mi trabajo es una continua interrupción —le contesté de una manera un tanto jocosa e irresponsable, tratando de evitar el tema porque me encontraba, pero esto la Detective no tenía por qué saberlo, en uno de esos ciclos mudos e improductivos que, en otras ocasiones, sobre todo antes de empezar a correr, me habían mandado directamente a observar, en una inmovilidad obsesiva, el cielo.

—Supongo que está al tanto —susurró e inclinó la cabeza sobre su taza de café solo para tener la oportunidad de elevar la vista desde ahí. Un abismo en el movimiento.

—Ha salido en todos los diarios —afirmé.

—Un caso interesante, ¿no le parece?

Pensé —y aquí pensar quiere en realidad decir producir una imagen— en los cuerpos castrados de los tres hombres jóvenes que habían aparecido desnudos y sangrantes sobre el asfalto de la ciudad. Pensé —y aquí pensar quiere en realidad decir oír el eco— en la palabra castración y en todas las referencias trágicas del término. Pensé —y aquí pensar quiere en realidad decir ver— en lo larga, en lo interminable, en lo incesante que era la palabra des-mem-bra-mien-to. Pensé —y aquí pensar quiere decir enunciar en voz baja— en el término *asesinatos seriales* y me di cuenta de que era la primera vez que lo relacionaba con el cuerpo masculino. Y pensé —y aquí pensar quiere decir en realidad practicar la ironía— que era de suyo interesante que, al menos en español, la palabra víctima siempre fuese femenina.

—¿Se ríe usted? —interrumpió la Detective. Intrigada. Molesta.

Y fue en ese instante que pensé, de manera por demás intempestiva, justo como aparecían esos días claros en medio de los días cenicientos que precedieron el estallido de la primavera, que el asesino era en realidad una asesina.

Y te vi, entonces, de reojo, como quien espera llegar a un acuerdo muy difícil de alcanzar. Como quien espera sin esperanza en una estación de tren; como quien. El tren que pasa. La mano, sacudida.

—Es la palabra víctima, Detective —le expliqué sin esperanza alguna de ser comprendida mientras escribía el artículo determinado y el sustantivo sobre una servilleta de papel—. *La* víctima siempre es femenina. ¿Lo ve? En el recuento de los hechos, en los artículos del periódico, en los ensayos que alguna vez se escriban sobre estos eventos, esta palabra los castrará una y otra vez.

Una y otra vez. El eco. Una vez. Otra. La repetición. El fenómeno sonoro ocurrió, las dos nos dimos cuenta, cuando el dueño del café canturreaba *Gee baby, ain't I good to you* y la coincidencia, el humor negro de la coincidencia, me provocó una risa que no pude reprimir.

—¿Y eso le parece gracioso?

—¿La canción de la radio? —le pregunté intentando, infructuosamente, que le pusiera atención a lo que acababa de acontecer a la puerta de sus oídos. Cuánto trabajo cuesta a veces escuchar una canción, pensé eso. Pensé: cuánto esfuerzo creer lo que uno tiene frente a los ojos. Y entonces, por puro placer, te hice un guiño.

—La castración. La doble castración —aclaró la Detective, concentrada en su objetivo y sorda a todo lo demás.

—No —le dije después de pensarlo un poco—. No, no me parece gracioso en absoluto.

Estoy segura de que decía la verdad.

Luego, sin transición alguna, como si la Detective siguiera al pie de la letra un guión cinematográfico que yo no había leído pero en el cual participaba, dijo:

—Esto apareció en la mano del segundo cuerpo. —Y colocó sobre la mesa una hoja de papel color blanco dentro o sobre la cual alguien había colocado una serie de letras recortadas de periódicos o revistas, convirtiéndolas, luego entonces, en el acto mismo, en letras castradas, e instaurando, simultáneamente, no la falta sino lo faltante dentro de la hoja. Se trataba, por supuesto, de otro poema de Alejandra Pizarnik:

AHORA BIEN: Quién dejará de hundir la mano en busca del tributo para la pequeña olvidada. El frío pagará. Pagará el viento. La lluvia pagará. Pagará el trueno. *A Aurora y Julio Cortázar.*

Me volví a verla lentamente, sin poder creer que esa mujer de apariencia tan profesional acababa de colocar sobre mis manos un pedazo de papel que era una evidencia. El original. Pasé las yemas de mis dedos sobre su superficie. Lo aproximé a mi nariz esperando encontrar un aroma peculiar. El tributo. La mano que se hunde.

—*El árbol de Diana* —murmuré los datos sin pensarlo, sin saber en realidad cómo era que los sabía o por qué los recordaba con tal claridad—. 1962.

—¿Lo conoce? —preguntó de inmediato la Detective, y yo no pude sino advertir que no le llamó «poema» o «verso».

—Todo mundo lo conoce —le dije sin darme cuenta de la arrogancia—. Todo mundo en el campo de acción de la poesía —me corregí. Y, antes de ver la fotografía en la que aparecía el tercer mensaje pizarnikiano, tampoco pude dejar de ver que en la misma superficie del apellido Cortázar se escondían, amenazantes, un *cortar* y un *azar,* palabras que, en ese momento, carecían de toda inocencia.

El tercer mensaje, escrito con lápiz labial sobre el pavimento, decía:

dice que no sabe del miedo de la muerte del amor
dice que tiene miedo de la muerte del amor
dice que el amor es muerte es miedo
dice que la muerte es miedo es amor
dice que no sabe

La fotografía de un poema. Eso tenía entre las manos: la fotografía de un poema. Darme cuenta de que tenía la fotografía de un poema entre las manos me provocó una extraña rabia. Algo como una sombra pasó por el techo. A eso algunos le llaman melancolía. O árbol. ¿No es cierto? Las palabras de Alejandra Pizarnik te dejaron mudo por mucho rato, eso fue lo que percibí.

—Dígame, por favor, Cristina, quién es ese «todo mundo» que conoce tan bien este tipo de poesía . —Y entonces me volví a ver a la Detective como si acabara de regresar de un largo viaje o de despertarme de un sueño muy oscuro. Poesía. *Este tipo de poesía.*

5

LA SOSPECHOSA

Se lo referí a mi Amante cuando todavía estábamos desnudos bajo las sábanas. Un domingo. Le dije que me había reunido, hacía un par de días, con la Detective que estaba a cargo del caso de los Hombres Castrados. Estoy segura de que al decir esto, al pronunciar las palabras *hombres castrados* como si vinieran en itálicas, no pude reprimir una pequeña risita escandalosa, un sonido acaso insulso con el que intentaba restarle seriedad tanto a la realidad de los hechos como a mi reunión con la Detective. Se la describí después, casi de inmediato. Le dije que era una mujer con los ojos opacos y las manos grandes. Le dije que tenía una oficina en un sótano adonde jamás llegaba otra luz que la artificial. Le dije, muy cerca de su nuca, con mi brazo izquierdo descansando casi ingrávido sobre su hombro, que la Detective me había mostrado los poemas de Alejandra Pizarnik que aparecieron cerca o en el mismo lugar de los hechos. Tres pequeños poemas. Tres diminutos mensajes. Entonces me acordé de ti, ciertamente. Luego me quedé pensativa y, sin notarlo apenas, guardé silencio. Oía el eco de la amenaza: *pagará la lluvia, el trueno*. Veía mi mano, tendida sobre su torso, y veía la mano, la otra mano, una mano minúscula, hundida en un abismo de vísceras. *Miedo de la muerte del amor,* escuché ese verso como un susurro muy cerca de mi oído. Un tributo. *Dice que no sabe.*

Y entonces te vi; volví a hacerlo. Tan difícil de creer a veces, eso, verte. Y tan natural también. Sin duda uno termina por acostumbrarse a todo. Iba a ponerte un nombre, pero, en el último momento, imaginé la sombra que prodigaba un sauce. No sé si sea posible vivir así, me dijiste desde lejos. Yo no te mentí.

Ya no le dije a mi Amante que la Detective caminaba demasiado aprisa: los pasos largos, una cierta rigidez en las articulaciones, la mirada al frente. Ni mencioné tampoco esa especie de acento que se colaba, con gran contención, en el final de sus frases. Evité decirle que cada vez que me reunía con ella me embargaba la sensación extraña, la sensación incómoda, de que la conocía de antes. No se trataba, por supuesto, de la familiaridad que da el trato continuo o profundo, eso lo habría recordado de inmediato, sino del conocimiento que se fragua, sinuosa, morosamente, en las coincidencias más vanas. Tuve la sensación de que fue en ese momento que me cerraste un ojo. Yo pensaba en las coincidencias, y tú, mientras tanto, me cerrabas un ojo. Para ser algo destrozado sobre la calle sin duda gozabas de un gran sentido del humor. Eso me relajó. Eso me hizo creer que podía seguir viviendo. Evocando. Esto: acaso esa mujer y yo habíamos asistido a una conferencia donde ambas, desde esquinas distintas del recinto, planteamos preguntas semejantes. ¿Sabía que los manzanos son un enigma, profesor? ¿Es esto, en verdad, un castillo? Acaso habíamos tomado el mismo avión para atravesar el mismo océano y habíamos esperado, después, una al lado de la otra, el equipaje que daba de vueltas en la misma banda. La Detective habría llamado mi atención en esas circunstancias, eso tampoco se lo dije al Amante, pero te lo susurré a ti en un discreto aparte.

Era ese tipo de persona: de apariencia anodina pero llena de gravedad; una presencia a la vez obvia y silenciosa. Alguien interesante. Suele expresarse de esa forma.

De haber sucedido el encuentro, la habría visto con cautela, apenas deslizando las pupilas por la cuenca del ojo para evitar moverme y, con toda seguridad, le hubiera inventado una historia. Habría dicho: esa mujer de uniforme azul y mirada opaca es una maestra o una policía. Vive sola. Habla sola. Come sola. Habría descrito su mirada como grave o intensa o trágica. Y, en el cuento, le habría pedido entonces que me viera. Me habría reído de mí misma y, sin mayor explicación, habría tomado mi maleta para continuar el viaje. Las maletas suelen pesar mucho. Suelen pesar tanto. El Amante, que escuchaba con atención el silencio en que yo guardaba todas las cosas que, sin saber por qué, evitaba decir, se volvió entonces, colocó su brazo derecho sobre mi hombro izquierdo, y sonrió con esa sonrisa abierta e iluminada que era la causa por la que se encontraba bajo las sábanas, sobre mi cama, a un lado de mi cuerpo.

—Y qué —dijo—, ¿sospechan de ti?

De esos días iniciales recuerdo, sobre todo, el viento. El sonido del viento. Se colaba por las rendijas de las ventanas, por debajo de la puerta, por los poros del cuerpo. Sacudía las hojas de los álamos y los cables del teléfono. El mundo se encontraba en ese estado de sobresalto milimétrico que a menudo se describe con el adjetivo «trémulo». Y, con el viento, llegó la polvareda. Todo esto lo recuerdo. La polvareda y, por debajo de la polvareda, tu aparición. Alguien para hablarle de tú. A veces la polvareda se concentraba en grandes remolinos verticales, pero, con más frecuencia, era nada más una cortina en apagados tonos marrón que obstaculizaba la visión de las cosas. Los asesinatos se iniciaron en esos tiempos trémulos y cenicientos de febrero, pero solo ocurrían, como el primero, en los pocos días de diáfana claridad que interrumpían, como por encanto, los estragos del polvo. Así, cuando la luz estallaba en la cara posterior de las hojas de los álamos, dándoles el aura de algo divino, bajo un cielo escandalosamente azul, un hombre moría. Un hombre amanecía castrado.

6

YO Y LA QUE FUI

Lo he dicho varias veces, tanto en público como en privado: no tengo una vida interesante. Aunque muchos dirían que mi campo de acción, tal como lo denominó la Detective, es la narrativa, secretamente siempre he creído que mi campo, mi acción, le pertenece a la poesía. Aunque esto porque considero a la poesía, de manera por demás tradicional y jerárquica, como la corona de toda escritura, como la meta de toda escritura, lo admito rara vez ante mí misma y jamás ante otros. Aceptar algo así me provocaría una gran vergüenza y un gran pesar. Para evitar ambas sensaciones suelo decir que soy profesora y que me gusta correr. Si las preguntas continúan puedo llegar a admitir que, con frecuencia, escribo, pero omito los títulos y la cantidad de los libros publicados. Si se me presiona reconozco que me gusta la paz de mi oficina y la calidez de mi apartamento, especialmente los ventanales de la recámara que me permiten ver el parque donde crecen, con similar convicción aunque en absoluto desorden, los álamos y los pinos. En todo caso, ya sea cediendo ante cuestiones ajenas o sin hacerlo, sería bastante razonable describir mi vida como estable. Otros adjetivos igualmente precisos serían: cómoda, relajada, rutinaria, placentera. Que el Amante de la Gran Sonrisa Iluminada creyera, por el menor de los segundos, que yo podría ser sospechosa de crímenes tan crueles me sorprendió, es cierto, pero no me molestó. Su relajada broma me indicaba que en algún lugar de su cabeza o de su deseo él me concebía o me producía como una mujer que, siendo yo, era en realidad otra persona. Una asesina serial. Alguien con la suficiente crueldad o frustración o demencia como para atacar hombres y, de forma violenta, con saña o indiferencia, cercenar sus genitales. Alguien con la suficiente fuerza física como para arrastrar los cuerpos desmembrados por estrechos callejones o sobre banquetas oscuras. Alguien, también, con la suficiente delicadeza como para transcribir, con esmalte de uñas o lápiz labial, poemas enteros de Alejandra Pizarnik. Alguien con abismos bajo las muñecas. Alguien de ojos complicados y manos trémulas. El odio. La venganza. Que el Amante de la Gran Sonrisa Iluminada pudiera considerarme, repito, aun por el menor de todos los segundos, aun dentro del humor cómplice que precede a las sesiones amatorias, una castradora, me resultó bastante divertido. Tanto como para soltar una larga carcajada y besarlo en plena boca. Tanto como para morder sus tetillas y mesar la mata tupida de sus cabellos con una ternura que solo empecé a sentir en ese momento. Extraña, cierto, esta manera en que a veces se aparece la ternura, te dije. Pero como no estabas, no oíste. Como para guiar su mano hacia mi pubis mientras me montaba sobre su cadera. Para pronunciar las palabras: «Estos son dos cuerpos». Tanto como para sostener, un rato después, un meditabundo silencio en el momento mismo en que él cerraba los ojos y exhalaba, con fruición, con gestos de dolor, con algo de desvarío, el aliento de su gozo. Ese. El último.

Todavía me veo verlo: un cuerpo dentro de otro, imbricados, exhaustos. Su sexo engullido por el mío. Grandes hazañas, sí. Los dos cuerpos.

Todavía escucho el ulular del viento. Y parpadeo. Una vez. Otra. La piel erizada por lo que observo: la falta. La inaudita castración. Por lo que no se puede observar. Aún espero el advenimiento de la sangre. Una gota. Un flujo. La marea. El llanto de los familiares. Las noticias del deceso. La general estupefacción. Todavía me enfurecen los curiosos que se asoman para ver, para verte por dentro. Para ponerse a salvo.

Todavía me conmueven las palabras que llegaron a tropel y sin invitación a posarse sobre la almohada:

Ahora
en esta hora inocente
yo y la que fui nos sentamos
en el umbral de mi mirada.

7

CÓMO SE LEE LA POESÍA

Cuando preguntó le dije la verdad: no era una especialista en el tema. Había leído, en efecto, a Alejandra Pizarnik —primero por el morbo que produce la imagen de la poeta suicida; luego porque sus libros no se conseguían fácilmente y eso los hacía caros objetos de culto; más tarde, casi al final, por gusto—. Eso dije: por gusto. Y luego añadí: por terror. Porque ella enunciaba palabras que a mí se me atoraban en la garganta. Porque bajaba en pleno vértigo hacia esos infiernos musicales y sangrientos que a mí, francamente, me producían tanta atracción como miedo. Porque ella jugaba.

La Detective me miró con suspicacia. Se incorporó de la silla que estaba frente a mi escritorio y, sin pedir permiso, se dedicó a ver uno a uno los libros de los estantes que cubrían, casi en su totalidad, las paredes de la oficina. Su mano como una brocha sobre los lomos de los volúmenes.

—¿Recuerda el poema del segundo hombre? —me preguntó. Antes de que tuviera tiempo de contestarle, todavía de espaldas a mí, añadió:

—«El frío pagará, la lluvia pagará, pagará el trueno».

Su razonamiento resultaba obvio: en esas palabras se encontraba un aviso, una seña que quería seguir. Una pista. Esta vez no me reí, pero sí me puse de pie.

—La poesía no se lee así —susurré, todavía estupefacta—. La poesía no es denotativa. No es como un manual. —Iba a continuar, pero me interrumpió con voz firme y, si no hubiera sabido que se trataba de una oficial al servicio del Departamento de Investigación de Homicidios, hasta habría jurado que se trataba de la voz de una experta.

—Pero, según he leído —dijo, dándome la cara al mismo tiempo, en un circular movimiento dramático— puede ser profética. Al menos eso creen algunos poetas. Que tiene el poder de la profecía.

Derrotada, regresé a mi lado del escritorio y caí sobre la silla. Si hubieras estado ahí, recargando cada una de tus palmas sobre cada uno de mis hombros, habría podido reírme. Habría podido decirle: lo que yo quiero es dejar de verlo. El ruido del viento se colaba, como desde hacía días, por la rendija inferior de la ventana y, el sonido, por sí solo, me produjo desazón, una innecesaria turbulencia interna. Me pregunté, sin estar preparada para preguntarme ese tipo de cosas, si en ese momento no moriría otro hombre. Si ese hombre no estaría, ahora mismo, bañado de sangre. Frente a mí. La Detective, mientras tanto, extrajo el volumen de la poesía completa de Alejandra Pizarnik que había publicado Editorial Lumen con una edición de Ana Becciu y, como si se encontrara sola en mi oficina o como si fuera dueña del libro, leyó la cuarta de forros en voz alta:

> Nacida en Buenos Aires, en 1936, Alejandra Pizarnik publicó sus primeros poemas cuando apenas contaba

veinte años. A comienzos de la década de los sesenta vivió unos años en París, donde entabló amistad con André Pierre de Mandiargues, Octavio Paz, Julio Cortázar y Rosa Chacel. De regreso a Buenos Aires, pasó el resto de su vida dedicada a escribir. Murió en Buenos Aires el 25 de septiembre de 1972.

Sin pausa alguna continuó después con fragmentos de la contraportada:

> una de las figuras más emblemáticas de las literaturas hispánicas, controvertida, polémica, que se convirtió en un mito entre los jóvenes de los años ochenta y noventa [...] hondo intimismo y severa sensualidad [...] insomnio pasional y lucidez meridiana [...] que sus poemas difundieran por todas partes el amor y el terror.

—La lluvia —se interrumpió a sí misma sin cerrar el libro, como si no se hubiera dado cuenta de que una idea nueva había llegado a su cabeza y que estaba, de hecho, interrumpiéndose a sí misma—. El frío. El trueno. ¿No cree que el siguiente asesinato ocurrirá en temporada de lluvias?

Espero haberla mirado con la desazón y la incredulidad que sentía por dentro. Seguramente fueron esos dos estados de ánimo o esas dos emociones los que me llevaron directamente a la ironía.

—Y qué, oficial, ¿sabe por lo menos cuándo es temporada de lluvia en Buenos Aires? Digo —añadí—, después de todo, Alejandra se refería al Cono Sur.

La Detective cerró el libro, tomó su chaqueta del perchero y me guiñó el ojo izquierdo.

—No seas tan literal —dijo justo antes de abrir la puerta, guiñándome el ojo izquierdo—. La poesía no se lee así. Pero gracias por el *tip*.

Y así fue como, sin siquiera pedir autorización, la Detective empezó a tutearme.

8

TODOS LOS CAMPOS TODAS LAS BATALLAS

Obsesivos, los ojos. Ciegos para cualquier otra cosa. Nunca más los álamos o el viento o el amanecer. Nunca más el retozo. Pocas veces la respiración. En todos lados la marca: surcos sobre láminas de cobre; surcos sobre láminas de carne. El ácido que devela. La memoria. La imagen. Alguien toma el objeto punzo-cortante. Alguien lo blande: objeto en el aire. Reflejo. Alguien elige o encuentra o produce el orificio de entrada. Pocas veces los dientes. Alguien rasga, abre, esculca. Alguien extrae la gónada, el testículo, el órgano sexual. ¿Sonríe Alguien? ¿Cumple Alguien la ley? ¿Alguien se duele? ¿Alguien se llena de sangre o de odio? ¿Alguien ejecuta una venganza o una promesa? ¿Utiliza Alguien los guantes? Sobre el pavimento. En Bizancio. Dentro de los barcos que cruzan el Atlántico. En un callejón. Sobre la cama de un hospital. En los aposentos de Nápoles. Sobre el campo de batalla. Todos los campos. Todas las batallas. Dentro de un sótano. Alguien castiga [Sima Qian (145 a. C.-90 d. C.)] [Pierre Abélard (1079-1142)]. Alguien se aproxima al niño que yace, sedado, dentro de una bañera de leche tibia. El olor a especias. Alguien cree en la más amplia tesitura [Carlo Broschi Farinelli (Nápoles

24/I/1705-Bolonia 15/VII/1782)]. Alguien gobierna [Eusebio]. Alguien entona la palabra belleza [Baldassare Ferri (1610-1680), Antonio Maria Bernacchi (1685-1756), Gaetano Majorano Caffarelli (1710-1783), Gaetano Guadagni (1725-1792), Gasparo Pacchierotti (1740-1821), Girolamo Crescentini (1762-1848), Giambattista Velluti (1781-1861), Francesco Bernardi Senesino (c. 1685-c. 1759), Luigi Marchesi (Milán 8/VII/1754-villa Inzago 14/XII/1829), Alessandro Moreschi (Motecompatrio 11/XI/1858-21/IV/1922), Domenico Mustafa (Sterpara 16/IV/1829-Montefalco 17/III/1912), Giovanni Cesari (Frosione 25/VI/1843-Roma 10/III/1904)]. ¿Alguien maldice? ¿Busca Alguien el ángulo del ángel? Obsesiva la pregunta. Delirante la falta (de respuesta). El eunuco. El berdache. El hijra. El *castrato*. Alguien horada. Alguien repta. Rapta. Alguien toma el testículo, la gónada, el órgano genital. ¿Lo toma Alguien? Alguien penetra. Alguien mutila. Desea.

Hay un sosegado terror cuando las cosas lentas. El mundo.

9

EL ADJETIVO, QUE CORTA

Los ojos: grandes, habitados, oscuros, juntos, curiosos.

Las manos: largas, finas, huesudas, suaves, ambarinas, pianísticas.

El cabello: entrecano, brillante, corto.

La boca: carne de mi carne, estriada, abierta, nerviosa.

La voz: de otro mundo, al ras del suelo, repentina.

El suspiro: estridente, obvio, sexual.

La piel: ingrávida.

La barba: hirsuta, recortada, masculina.

La mirada: de red, un abrazo, ¿qué quieres de mí?

La pregunta: ¿eres tú?

El cielo: abierto, seco, recortado, azul.

La respuesta: a veces.

La risa: jocosa, precavida, grave, divina. Un ave sobre una torre de marfil.

La mano: sobre el hombro, en la cintura, rozando.

El guiño: inesperado, angular, inclinado.

La respiración: lavanda, heno de pravia, viento de abril. Menta. Infancia.

La risa: interminable, discreta, se-aproxima.

La mirada desde lejos: un puente a punto de caer, una liana casi rota, un grito de auxilio, una mujer atada sobre los rieles del tren, un oráculo, un proceso de investigación, un telescopio.

La mirada desde cerca: una punzada, un cerillo, una quemadura, un ardor.

El caminar: zigzagueante, moroso, dubitativo.

La pregunta: ¿es mi voz?

La respuesta: es mía.

El ruido: protector.

El alcohol: frío, banal, un ancla, una puerta, un botón.

La voz: aún de otro mundo, distinta, multifacética, engañosa, honda, estomacal.

Las manos: largas, suaves, huesudas, ambarinas, pianísticas, sobre las crestas ilíacas.

La orden: sígueme.

Las uñas: recortadas, limpísimas, cartas cerradas.

La boca: carnosa, abierta, ávida, nerviosa, imperial, ensalivada, más abierta, denotativa, sin más-allá.

Las manos: sobre las manos, contra la pared, llaves. Candados.

La respiración: música electrónica.

La mirada: en ebullición, de red, cielística, nochuna.

Las manos: en el sexo sobre el sexo bajo el sexo tras el sexo.

La barbilla: sobre el hombro izquierdo.

La boca: ah, la boca. La oreja. La nuca. El cabello.

El sexo: el sexo.

La pregunta: ¿es tu cuerpo?
La respuesta: y el mío.

La interrupción intelectual: solo el acoso de la muerte nos avienta con tanta furia hacia el cuerpo desconocido.

10

LA NOTA ROJA

La Periodista de la Nota Roja apareció frente a la puerta de mi oficina el último día de febrero. Al principio pensé que se trataba de una broma o de una intervención organizada por estudiantes del grupo de teatro o por alguna célula feminista del universitario. De grandes ojos cafés, con las manos ajadas por labores sin identificar pero claramente no intelectuales, la mujer de cabello lacio y pantalones de mezclilla tomó asiento frente a mi escritorio antes de pasar a explicar, con suma timidez, con algo de evidente vergüenza, que ella era en realidad una periodista.

—¿En realidad? —le pregunté sin poder evitar el sarcasmo.

—Tengo que aclararlo siempre porque como estoy asignada a la Nota Roja la gente piensa que no tengo estudios.

Su razonamiento me pareció adecuado y, por eso, guardé silencio.

—Estoy escribiendo algo sobre el caso de los Hombres Castrados —dijo con una voz muy baja, entrecortada casi, mientras trataba de sostenerme la mirada.

—¿Algo? —volví a preguntar pensando que la timidez de la mujer tenía un origen patológico, casi irreal.

—Un libro —dijo y bajó la vista—. Para mí —añadió—, no para el periódico.

Un libro —para mí, hecho por mí—, el viaje de la conciencia por un estado. Pensé en ese pedazo de texto. Pensé en esas palabras de Caridad Atencio. Pensé en la arrogancia o el candor que se necesita para decir: escribo un libro para mí. Pensé en la disciplina, en el aislamiento, en la necedad que se requiere para llegar a hacerlo. Escribir un libro para mí, hecho por mí. Te lo dije así cuando apareciste tras la puerta: un libro para mí, hecho por ti. Y lo repetí varias veces frente a tu sonrisa. Y luego la observé otra vez. Las palabras no coincidían con el rostro compungido, el rostro apenas angular, el rostro recién salido de la adolescencia, maleable incluso, que tenía frente a mí. Y ese no embonar, ese notorio desfase entre las palabras y la voz que las enunciaba, me dejó perpleja.

—¿Y quieres entrevistarme? —interrumpí su silencio y el mío con bastante brusquedad porque no podía creer que alguien así trabajara *en realidad* para la Nota Roja de un periódico. No podía creer que alguien así estuviera *en realidad* sentada detrás de un escritorio, ocupando mi lugar—. ¿Quieres que te vuelva a describir el cuerpo que vi? ¿Quieres que te comparta mi lista de sospechosos?

—No —dijo con el primer tono firme que le había escuchado hasta entonces—. Quiero platicar con usted sobre Alejandra Pizarnik.

Su respuesta me sorprendió.

—Pero no aquí —añadió—, ni ahora. Quiero que lo piense. Quiero que piense si en realidad quiere hablar sobre Alejandra Pizarnik.

En realidad.

Cuando se incorporó y me dio la espalda preparándose para partir, me di cuenta de que sobre la leve joroba de la Periodista de la Nota Roja, más producto de una mala postura que de una malformación congénita, iba gran parte del peso del mundo.

11

EL POEMA CASTRADO POR SU PROPIA LENGUA

La Detective se comunicó conmigo muy temprano porque quería discutir el tema de la castración en algunos poemas de Alejandra Pizarnik. Lo dijo así, sin prólogo o explicación; dijo literalmente y en tono por demás neutro: quiero hablar contigo acerca de la castración en algunos poemas de Alejandra Pizarnik.

—¿A la hora de la comida? —pregunté con sorna, tratando de subrayar el mal gusto que supone llevarse alimentos a la boca mientras se habla, con esa misma boca, de penes y testículos extirpados de sus cuerpos. No atinaba a comprender por qué me procuraba con tanto ahínco; de qué le podían servir mis respuestas.

—Sí —contestó ella sin reparar en la malicia de mi comentario—. ¿En el restaurante de siempre?

Cuando llegué, como había sucedido en nuestras reuniones anteriores, ella ya estaba ahí, esperándome. Los ojos concentrados en la puerta; los dedos ensayando un tamborileo nervioso sobre la mesa. Apenas si pudo aguardar a que tomara asiento para darme el menú.

—Ordenemos —dijo, tratando a la comida como lo que era, un mero pretexto para pasar a nuestro verdadero plato fuerte que era la castración.

—¿Así que todavía no tiene sospechosos? —No alcancé a discernir de dónde me venían esas ganas súbitas de irritarla, pero cuando cerró la carta de un manotazo supe que lo había conseguido. La Detective no estaba de buen humor.

—Es un caso difícil —explicó, conservando de manera admirable su autocontrol mientras elevaba las manos y, por primera vez desde que me reunía con ella, las dejaba moverse con algo de gracia y algo de énfasis en el aire—. Lleno de recovecos psicológicos. De oscuridades poéticas. Trampas de género. Metáforas. Metonimias. —Cuando pronunció la última palabra agachó la cabeza y, desde esa posición, alzó la vista. El cuerpo hacia abajo. La mirada hacia arriba. Ese choque de direcciones. La había visto hacer esto varias veces antes, pero no fue sino hasta ese momento que comprendí que esa era su señal de alerta. Luego apareció la sonrisa irónica sobre la cara: la comisura estrecha que, al compás de las manos súbitamente expresivas, se elevaba hacia las sienes.

—Transnominaciones —murmuré acoplándome a esas palabras que no eran suyas sino mías. Luego, sintiéndome una impostora de mí misma, le ordené a una mesera apresurada una jarra de agua.

La Detective sacó unas copias de un maletín negro. Se trataba de unas hojas medio arrugadas que contenían «En esta noche, en este mundo», el poema que, según me informaba en ese momento, Pizarnik publicó en la *Gaceta del Fondo de Cultura* en julio de 1972. La Detective colocó las páginas sobre la mesa y, señalando los versos subrayados, preguntó:

—¿Así que todo poema fracasa? —me lo preguntaba ella como si yo me lo estuviera preguntando a mí misma. Me lo preguntaba con ese conocimiento que se fragua en coincidencias incómodas y extrañas, alrededor de un vaso de agua o de una banda por donde circulan, como si se tratara de la misma eternidad, un sinnúmero de maletas. Me lo preguntaba con mis palabras. Este es un gran reino al que le falta una reina o un rey. Y yo, por un momento, por un segundo apenas, llegué a creer que nos estábamos entendiendo.

En esta noche en este mundo
las palabras del sueño de la infancia de la muerte
nunca es eso lo que uno quiere decir
la lengua natal castra
la lengua es un órgano de conocimiento
del fracaso de todo poema
castrado por su propia lengua
que es el órgano de la re-creación
del re-conocimiento
pero no el de la resurrección.

Leí con cuidado. Leí con ese nudo en la garganta que amenaza con volverse animal doméstico. Leí y tuve que servirme el primer vaso de agua. ¿Cómo decirle a la Detective que todo poema es la imposibilidad del lenguaje por producir la presencia en él mismo que, por ser lenguaje, es todo ausencia? ¿Cómo comunicarle a la Detective que la tarea del poema no es comunicar sino, todo lo contrario, proteger ese lugar del secreto que se resiste a toda comunicación, a toda transmisión, a todo esfuerzo de traducción? ¿Cómo decirle, sin atragantarme con el sorbo de agua y esa tristeza que me producía el constatar, una y otra vez, que la lengua nunca será un órgano de resurrección, que las palabras, como dice Pizarnik unos versos más adelante, en esa declaración no por acertada menos sombría, que «las palabras no hacen el amor/ hacen la ausencia»? ¿Cómo explicarle a esta mujer tan firme, tan bien uniformada, que mientras ella señalaba, con su inmaculada uña corta, la palabra *castrado* en un poema sobre lo inservible, sobre la inutilidad de todo poema, yo no hacía sino rememorar, en el lenguaje que es todo recuerdo y, por serlo, es todo ausencia, el contorno del cuerpo y el sexo de ese hermosísimo muchacho delgado de barba hirsuta y masculina, que había aparecido, literalmente de la nada, de esa nada que es a veces la ausencia de la ausencia del lenguaje, declarando, de manera por demás jocosa y liviana, que él era Él-a-Veces? ¿Cómo no leer en la más trémula de las voces altas «¿de dónde viene esta conspiración de invisibilidades?» sin causar esa añeja lástima del que nunca entenderá, del que no está herido, como Pizarnik, en su «primera persona del singular»? ¿Cómo decirle a la Detective, deténgase aquí, en estos versos «¿qué hiciste del don del sexo?/ oh mis muertos/ me los comí me atraganté/ no puedo más de no poder más», lea con cuidado, constátelo, una vez y otra vez, constátalo, para utilizar el mismo tuteo, otra vez y otra más, vea cómo uno se la pasa «desperdiciando los dones del cuerpo»?

Pero todo eso mejor te lo pregunté a ti porque con el tiempo uno aprende a plantearle preguntas a quien puede responderlas. Tu silencio, por supuesto, me llenó de pena.

—Solo te pregunté, retóricamente como dicen ustedes, si todo poema es un fracaso —mencionó la Detective con cierto temblor en una voz que volvía a ser inequívocamente suya—. No era como para que te pusieras a llorar, Cristina.

Cuando vertió más agua en mi vaso y lo colocó, después, exactamente frente a mí, tuve que aceptar que, más temprano que tarde, más pronto que nunca, la Detective y yo íbamos a acabar hablando de poesía.

Un día, sin lugar a dudas, lo haríamos.

12

LA MUJER BARBUDA

El Hombre-Que-Era-A-Veces-Él colocó sobre mis manos una barba hecha de sus propios cabellos. Ese primer intercambio ocurrió bajo los techos cóncavos, recubiertos de pintura color púrpura, de un cine que, con el paso del tiempo, se había convertido en iglesia.

—En nombre sea de Dios —murmuró mientras plantaba la mano sobre mi nuca y me atraía hacia él. Oh, tan cinematográficamente.

El beso: esperado, ávido, estruendoso, involutivo. Violento.

Cuando me acomodé la barba sobre el rostro sacó una pequeña cámara digital de su saco y me pidió que posara cerca de santos, cristos, ángeles. La lista de sus órdenes incluía:

1) Cierra el ojo izquierdo.
2) Abre la boca.
3) Levanta los brazos.
4) Sonríe. (No, así no). (Así).
5) Levántate la blusa.
6) Dame la espalda.

7) Bájate el pantalón.
8) Así.
9) No jadees.

Y volví a ver sus ojos (oscuros, necios, húmedos, nerviosos) y pensé que se trataba del fin de una carrera de 800 metros en un lugar a más de dos mil kilómetros sobre el nivel del mar. Iba a sonreír. Iba a convertirme yo misma en una Amante de Sonrisa Iluminada cuando no vi su pene que, perdido dentro de mi sexo, continuaba provocando placer. Me detuve. Observé el techo cóncavo y púrpura. Regresé a sus ojos. Las manos. Los dientes. La barba. Los nudillos. Seguía sin estar ahí. El torso. Los huesos. Los vellos. Las rodillas. Su pene en esos momentos era mío. Entonces sonreí hermafroditamente. Y el Hombre-Que-A-Veces-Era-Él se vació en religioso silencio.

—Así quedó por desobedecer a sus padres —musitó luego con algo de fingida melancolía cuando, todavía recostados al pie de una de las largas bancas de madera, veíamos las silenciosas fotografías.

13

DONDE UNA VEZ UN MUCHACHO Y UNA CHICA HACÍAN EL AMOR...

[...] hay cenizas y manchas de sangre y pedacitos de uñas y rizos púbicos y una vela doblegada que usaron con fines oscuros y manchas de esperma sobre el lodo y cabezas de gallo y una casa derruida dibujada en la arena y trozos de papeles perfumados que fueron cartas de amor y la rota bola de vidrio de una vidente y lilas marchitas y cabezas cortadas sobre almohadas como almas impotentes entre los asfódelos y tablas resquebrajadas y zapatos viejos y vestidos en el fango y gatos enfermos y ojos incrustados en una mano que se desliza hacia el silencio y manos con sortijas y espuma negra que salpica a un espejo que nada refleja y una niña que durmiendo asfixia a su paloma favorita y pepitas de oro negro resonantes como gitanos en duelo tocando sus violines a la orilla del Mar Muerto y un corazón que late para engañar y una rosa que se abre para traicionar y un niño llorando frente a un cuervo que grazna, y la inspiradora se enmascara para ejecutar una melodía que nadie entiende bajo una lluvia que calma mi mal.

(En página de Alejandra Pizarnik, *Poesía completa*, encontrada al azar).

(justo después de volver de la iglesia que alguna vez fue cine)
(nueve órdenes dentro de la cabeza)

(así)

(púrpura)
(los libros saben más que la realidad)

(así no)

(bola de vidrio vidente)
(la poesía no es un lugar)

(así).

14

EL DESEO DENOTATIVO

Era de madrugada cuando el Amante de la Sonrisa Iluminada me contó la trama de su novela.

—Más bien un documental —se corrigió.

Él saldría a la calle armado con una cámara de video, grandes cartulinas blancas y plumones de colores. Se aproximaría a ciertos de transeúntes —los más extraños, los a-punto-de, los perfectamente normales— y les pediría que escribieran en sus cartulinas lo que pensaban en ese preciso momento.

> ME VAN A DESPEDIR Y TENGO MIEDO
> ¡QUÉ TE IMPORTA!
> NADIE ME AMA. SOY UN MONSTRUO
> ¿A QUÉ HORA SALE LA PRIMERA ESTRELLA EN MARTE?
> POCAS VECES LOS LABIOS
> QUIERO DURAZNOS

Juntaría cientos, miles de frases similares. Las filmaría todas. Todas sin voz. Sería el momento estelar del inconsciente. La antítesis de lo público hecho en público. Esa impía paradoja.

Esa sutil contradicción. La irrupción social de la intimidad. Un triunfo más de la escritura.

Cuando terminó de contar la trama de su documental se dio cuenta de que estaba frente a la ventana, las palmas de las manos abiertas sobre el frío cristal. Un sonámbulo dentro de su propia cabeza.

—Quiero saberlo todo —dijo. Luego vio hacia afuera y los ojos, de repente, se le llenaron de miedo—. ¿Me entiendes? —preguntó dándose la vuelta, enfrentándome.

Es difícil entender lo que uno hace. Difícil explicar. Sobre todo eso: es difícil explicar. Lo vi, pero en lugar de verlo vi otra cosa: otro rostro: otro cuerpo. Reconocí la expresión de sufrimiento: la ausencia de la risa que alguna vez lo iluminó todo a su paso. La ausencia, incluso, de los labios. De la boca. Seguramente él no sabía silbar, nunca lo había hecho. Identifiqué los nuevos gestos: el ansia en el borde interior de los párpados, la rabia en las venas que, azules, le daban una nueva forma al dorso de sus manos. Pero vi otra cosa mientras tanto, otro cuerpo. Había alguien más, una presencia menuda, dentro del aura que su propio cuerpo producía en el reflejo del ventanal.

—Lo sabes todo —alcancé a decir, bajando la mirada. Pocas veces la vergüenza. La culpa.

Solo la muerte nos lanza con tanta furia hacia el cuerpo desconocido.

—Los álamos son de verdad muy hermosos —murmuró después, rato después, sin darme la cara, pestañeando nerviosamente, revoloteando en su interior. Luego regresó a la cama y, de espaldas a mí, se durmió. Desvaneciéndose.

15

AUTORÍA

La Periodista de la Nota Roja que *en realidad* era periodista apareció en mi salón de clases el día que discutíamos la relación entre el género y la creación literaria. Algunas alumnas, sobre todo las que tenían pelo lacio y pecas en la cara, aseguraban que en el mundo existía una cosa que respondía al nombre de escritura femenina y, con donaire, con inigualable desdén, citaban trabajos de filósofas francesas, cuyos apellidos pronunciaban sin asomo alguno de acento. Los alumnos usualmente argumentaban que eso no era más que o frustración personal de escritoras frígidas o espurias presiones de mercado y, de paso, defendían una literatura, como la llamaban ellos, sin adjetivos. Había, por supuesto, alumnas que se aliaban en secreto, o a voces altas, con los alumnos desadjetivadores, especialmente aquellas que tenían ambiciones literarias y una confianza ciega en ellas mismas. O las enamoradas. Había también alumnos que se atrevían a hablar, a menudo con cierto tartamudeo vergonzoso, de una escritura específicamente masculina. Siempre que llegábamos a este punto del curso sucedía lo mismo. Amistades que se habían forjado, con lenta dificultad a lo largo del semestre, caían desbaratadas ante la incredulidad o la intolerancia, mientras que otras surgían de esa nada súbita que es la identificación no sospechada. Yo estaba preparada para todo. Acostumbrada a posicionarme en el punto medio, no solo los dejaba hablar sino que, incluso, les hacía preguntas con las que intentaba que concibieran o, al menos imaginaran, el origen del argumento contrario. Yo no soy una mujer, les decía por ejemplo. Y luego les decía lo contrario. Esto no es el Reino del Aquí. Mi voz plana, de volumen moderado, ayudaba a calmar los ánimos cuando la discusión emprendía su propia trayectoria hacia el insulto. Nada de eso me resultaba sorprendente o incómodo. Eran los gajes del oficio. Lo de siempre. Excepto que, esta vez, la Periodista que *en realidad* era periodista rompió, seguramente sin saberlo, las reglas del juego.

—¿Y cuál es su postura? —preguntó sin alzar la mano o pedir la palabra. Y yo, que la había notado entre los estudiantes pero no le había puesto mayor atención, me volví a verla sin poder disimular mi desconcierto.

—Creo que eso está claro en la selección de lecturas — repliqué acomodándome los anteojos sobre la nariz y tratando de pasar a otro tema.

—Pues a mí no me lo parece. Las lecturas —y elevó las copias de todas ellas— representan los puntos de vista dominantes, aún los opuestos.

Me volví a verla con curiosidad. Ahí, sobre el pupitre universitario, pequeña, acaso insignificante, estaba la mujer que, días atrás y en mi oficina, había encontrado difícil sostenerme la mirada. Ahí estaba la tímida mujer que yo no había dudado en calificar como patológica, demandando, con pocos titubeos, una conclusión, una toma de posición personal. Una respuesta.

—Usted escribe, quiero decir —prosiguió bajando el tono de su voz—. Debe tener una posición al respecto.

Hablaba como si pidiera disculpas, pero en realidad, como ella era afecta a decir, en realidad no cejaba en su indagación.

Quería una respuesta. Exigía una respuesta. No se iría sin una respuesta. El salón de clase, mientras tanto, se contrajo en un cauteloso silencio.

—Los escritores escriben —dije lentamente, enunciando cada palabra con el cuidado con que lo hacen ciertos extranjeros respetuosos mientras acomodaba mis libros, tan lentamente como lo hacía con mi enunciación, dentro del portafolio— no solo con lo que conocen del mundo o de ellos mismos, sino, sobre todo, fundamentalmente, con lo que desconocen, del mundo y de ellos mismos.

Pensé que eso sería suficiente, pero me equivoqué.

—¿Los escritores? —repitió mi frase que, en sus labios, aunque tal vez también en los míos, sonaba, efectivamente, hueca—. Pero usted. Usted misma —insistió—. ¿Usted escribe como mujer?

Me reí. No pude evitarlo. Soy un ganso en el Reino del Afuera. Ahí, frente a su intensa mirada inmóvil, solté una corta carcajada que solo a fuerza de voluntad pude reprimir. Luego vino el silencio. La expectativa. Los puntos suspensivos. Entre todas estas cosas se entretenía, tenso y juguetón a un tiempo, el reto.

—A veces —dije muy lentamente—. A veces —repetí, enfatizando, con toda lúdica intención, con la mente en otra parte, con el recuerdo incrustado en otro cuerpo, la intermitencia. Yo también era A-Veces-Ella.

16

NÍTIDA LUZ

A inicios de marzo, en un día de nítida luz, apareció el cuarto hombre.

Desmembrado. Sin genitales. Cubierto de sangre. Lo encontraron unos cuantos jóvenes que habían ido a acampar a las afueras de la ciudad, en las orillas de un lago. Cuando se bajaron de la camioneta en la que viajaban les llamó la atención el olor y el ruido de las moscas que zumbaban detrás de los matorrales.

—De seguro hay un muerto ahí —había dicho, con esa premonición que a veces da el humor negro, el más bromista.

Cuando se aproximaron y lo vieron, dos de ellos vomitaron.

Otros dos tardaron todavía treinta o cuarenta y cinco segundos más en poner las piezas juntas y formar, con eso que estaba diseminado sobre el suelo, el cuerpo de un hombre. El rompecabezas de un cuerpo.

Fue el más joven quien marcó el número de teléfono de la policía.

Y entonces el terror y la nítida luz de inicios de marzo se convirtieron en uno.

La línea del poema la encontraron después, durante las indagatorias primeras. La Detective y el Ayudante de la Detective no pudieron evitar reconocer la belleza de la frase y la belleza de la composición de la frase. Y la precisión macabra de la frase: esa belleza.

«Es verdad, la muerte me da en pleno sexo».

Cada palabra dibujada, esta vez, con las piedrecillas (alargadas) (lisas) (planas) del lago adyacente. El arte de la tierra. Formas de composición procesual.

17

NO QUISE DETENERME

La Periodista de la Nota Roja me alcanzó mientras corría hacia mi apartamento. La gravedad, la antigravedad. Me había cambiado de ropa dentro de mi oficina y, ya con tenis y sudadera, había salido de ahí con una extraña aunque real presión sobre el pecho. Supuse que era aprehensión. Supuse que era tristeza. Te lo dije así: a esto se le llama tristeza aquí, dentro de mi reino. Y no estuve dispuesta a encerrarme en un cuarto vacío con ninguna de las dos. El aire de la mañana, ya tibio y lleno de partículas contaminantes, no me ayudó. Corría no por placer, como acostumbraba, sino con horror. Aprisa. Sin cadencia. Huyendo. Corría a tu lado. Me di cuenta de que desde el primer día siempre corro a tu lado. La cámara lenta de la memoria. La respiración que, desparpajada, me volvía al revés, colocando mi interior en el oído de todos. Por eso cuando la Periodista de la Nota Roja me dio alcance no quise detenerme. Su rostro descompuesto y anhelante me asustó. Estuve segura en ese momento de que se trataba de una premonición. *Lo peor es pedir.*

Ella gritó mi nombre antes de darse por vencida. Me pidió que hiciera una pausa. Dijo que tenía algo que mostrarme mientras alzaba una hoja de papel con su mano derecha.

Y yo, que llevaba al horror como una mano universal sobre mi pecho, no me detuve.

—Te vas a arrepentir —chilló finalmente desde lejos. Inmóvil. Plantada como un árbol.

No entendí por qué o de qué me arrepentiría, pero la amenaza me sonó contundente. Real. Y, por eso, corrí aún más aprisa. Corrí sin volver la vista atrás, guiada únicamente por la mano invisible que apretaba mi esternón. Una vez. Una vez y otra vez. Otra más. Cuando llegué al apartamento me serví un vaso de agua sin dejar de moverme. Trémula. Una hoja. Iba de un lado a otro, de un ventanal a otro como una mosca gigantesca o como una bestia enjaulada. Pocas veces los brazos. Chocaba contra mis propios límites. No podía entender la muerte de esos hombres. Me rompía la cabeza. Las manos. Las rodillas. Pocas veces la lesión emergida, iluminada. No podía concebir la muerte de esos hombres. Y luego veía todo eso allá afuera: una imagen de los hermanos Chapman. *Great Deeds Against the Dead*. Y dentro, Goya. Dentro de mí, viendo. *Nada, ello dirá*.

18

MENSAJES BAJO LA PUERTA

Todo habría seguido su curso, que con frecuencia es un curso hacia el olvido, si no hubiera sido por la aparición de los mensajes bajo la puerta. En el inicio de esa época a la que denominé como la de los Hombres Castrados no hubo más que una aprehensión generalizada que me hacía sospechar de todo mundo, especialmente de los amantes de la poesía contemporánea. Luego, conforme pasaron los días, surgió —impetuosa, sagaz, cruel— la indiferencia. Como se sabe, es imposible vivir en estado de terror permanente. Como se sabe, cuando el terror es permanente el cuerpo encuentra o produce mecanismos de protección entre los cuales la imposibilidad de sentir, la imposibilidad de fijar la atención, la imposibilidad de articular lo no-sentido suelen ser muy frecuentes. Yo me encontraba ya en esa etapa de negación cuando recogí el primer recado que apareció sobre la duela de mi apartamento.

Lo recuerdo todo: hacía frío, un frío que estaba muy fuera de lugar en abril y para el cual, por consiguiente, no me había preparado ni física ni psicológicamente. Regresaba de la oficina como siempre, a pie, a toda prisa, trotando apenas, saboreando de antemano la tibieza de mi cuarto, el silencio de mis techos, la calma alrededor. Abrí la puerta, pues, en total estado de desvalimiento. Así fue como la vi. La constaté. Fui hacia ella. Era una hoja de papel blanquísima doblada en cuatro secciones casi perfectas. La letra, en una tinta de profundos tonos rojizos, una tinta que más bien parecía estar hecha de un vino muy espeso, de un vino casi sangre y huesos, era regular, estable, hermosa. Sobre ese papel y con esa tinta, en una de las cuatro secciones casi perfectas, estaba escrito mi nombre completo: cristina rivera garza. Todo en minúsculas. Luego, dentro de la hoja, con una letra que aparentaba sosiego y no premura, el mensaje decía:

«quiero hablar con usted, ¿podré?».

El mensaje, por supuesto, venía sin firma. Venía, de hecho, sin más dato de identificación que la forma y el color de la letra, la elección de las minúsculas y la brevedad de su reto. *¿Podré?* Me lo pregunté por mucho rato. Inmóvil. En un estado contrario a la anticipación. Me lo pregunté en silencio y en voz alta. Me lo pregunté a mí misma y a la ventana en que, distorsionado, mi reflejo me lo preguntaba a su vez. Se lo pregunté al paisaje confundiendo a los álamos de la tarde con altos olmos europeos. ¿Podré? Así pasó mucho tiempo.

II

LA VIAJERA CON EL VASO VACÍO

a) I said that the first dead are our first masters, those who unlock the door for us that opens onto the other side, if only we are willing to bear it. Writing, in its noblest function, is the attempt to unerase, to unearth, to find the primitive picture again, ours, the one that frightens us.
b) All great texts are prey to the question: who is killing me? Whom am I giving myself to kill?
c) We are all dog-killers of the dog you are, killers of others. It is simply a question of designating the scene or scenes of abandonment that punctuate our paths so that they may be envisioned.[1]

HELENE CIXOUS

1 «a) Dije que los primeros muertos son nuestros primeros maestros, esos que nos destraban la puerta que se abre hacia el otro lado solo si estamos dispuestos a soportarlo. La escritura, en su más noble función, es el intento por desborrar, por desenterrar, por descubrir el panorama primitivo de nuevo, el nuestro, el que nos atemoriza.
b) Todos los grandes textos son víctimas de las preguntas: ¿quién me está matando?, ¿a quién me estoy entregando para que me mate?
c) Todos somos asesinos del perro que eres, asesinos de otros. Se trata solo de la mera cuestión de designar la escena o las escenas de abandono que puntúen nuestros senderos, de manera que éstos puedan ser imaginados».

19

MENSAJE N.º 2

Lo pensé por muchos días. Lo pensé desde la primera vez que vi tu cara en la Nota Roja del periódico. Estabas claramente fuera de ti y, a pesar de eso, o tal vez a causa de eso, por encontrarte a todas luces fuera de ti, tenías el semblante de alguien con quien se podía conversar. Alguien, es decir, que sabía escuchar. Porque para poder escuchar, ¿lo sabías?, siempre es necesario estar un poco fuera de uno. Fuera de sí. Había esa actitud que no puedo describir en tus facciones descompuestas: una especie de movimiento interior que va, con naturalidad, con toda disposición, hacia afuera. Abriéndose. Hacia mí. Desde que te vi por primera vez en el periódico se me antojó hablar contigo, llenar el tiempo, que es puro espacio intervenido, con palabras y orejas. Las tuyas. Las mías. A final de cuentas uno nunca sabe a ciencia cierta de quién son las palabras. Pensé que, dc confiar en alguien, confiaría en alguien como esa mujer-fuera-de-sí que eras tú. O yo. Pero yo ya confiaba en mí. Lo pensé por muchos días, horas enteras supongo, con una obsesión que, según los que me conocen, me caracteriza, aunque el día en que finalmente lo hice, el día en que tomé la pluma y escribí el recado con una prisa injustificada, como si me hubieran avisado que faltaban ya solo tres horas para que se acabara el mundo, ese día, como también solía sucederme aunque casi nadie lo supiera y, por lo tanto, no sospecharan que también me caracterizaba, ya no pude pensarlo más. Dejé de pensar en absoluto. Acción directa. Todo fuera de mí. Sucinta. Era abril, es cierto. Inicios de abril.

¿Podré?, te lo preguntaba yo y te lo preguntabas tú, transformando el pronombre ausente en un yo que viajaba de ti hacia mí y de mí hacia ti sin aparente reparo. Tenías el papel entre las manos y te lo preguntabas una y otra vez, ¿podré?, olvidándote que estabas expuesta frente a la ventana, abierta como ella hacia el mundo, observando los árboles con una extraña intensidad inmóvil. Estatua sempiterna. Estatua de maravilla. Tenías el papel entre las manos y la mirada sobre el ventanal, mientras yo te veía desde una de las bancas del parque, media escondida entre las sombras que producían las ramas de los álamos, esperando ansiosa, turbada, exultante, tu veredicto. ¿Podré? Y me quedé inmóvil, mientras tú no te moviste, intentando, incluso, contener la respiración. Estatua como tú. Y traté de identificar ese punto del horizonte donde se perdía tu mirada y donde esa misma mirada te volvía a encontrar, toda llena de prisa, embargada por la urgencia o el terror, en todo caso despavorida, cuando cambiabas, aunque fuera de la forma más leve, de una manera casi imperceptible, de posición. Y guardé silencio también como tú, por mucho rato. Dubitativamente. Y, al final, que es, como tú y yo sabemos, solo una variante más del inicio o, con aun mayor precisión, de los inicios, sonreí cuando tú sonreíste, el más débil de los rayos solares alumbrando por un instante apenas tu cabeza.

Me llamo Joachima Abramövic. Y no sé, en realidad, quién soy.

20

MENSAJE N.º 3

No debes temerme. No te haré daño. Estoy imposibilitada para hacerte daño. Por eso te lo repito: no debes temerme. No tienes por qué volver la cabeza, así, una y otra vez, nerviosa, justo después de doblar la esquina de tu casa o de darle la espalda a ese vetusto edificio donde se encuentra tu oficina. No tienes por qué apresurarte a cerrar, como si fuera por última vez, las puertas de madera o de cristal que cruzan tu cuerpo. Te observo, es cierto, pero sin otra intención. Te observo por observarte. Te observo, además, desde antes de que supieras que te observaba. Nada ha cambiado en realidad. O, para ser más precisa, para intentar llegar a un cierto tipo de exactitud, pocas cosas han cambiado desde que estás al tanto de que te observo. Las cosas en general, ¿lo habías notado?, cambian poco. Muy poco. No sé si eso debe alegrarme o entristecerme, pero se trata a todas luces de un hecho. Un hecho irreversible. Lo poco que ha cambiado entre tú y yo es tu conciencia de mí. Tu saber de mí. Tu estar al tanto de mí. Ahora sabes que existo y que me hago llamar Joachima Abramövic y que te observo. Eso es todo.

Tú sabes, por supuesto, que no soy Joachima Abramövic; pero estoy segura de que, como a mí, te gustaría llamarte así. Estoy convencida de que, si te dieran a elegir entre ese nombre de tres vocablos que adorna la puerta de tu oficina y este otro nombre extranjero, incomprensible, acaso implosivo, con esos diéresis sobre la o, escogerías este último. Y, con ese nombre sobre la lengua, te verías entonces al espejo y le sonreirías con súbita atracción a tu reflejo. Eso me pasó a mí, Cristina. Un día encontré el nombre y lo tomé. Y me vi al espejo. Y, entonces, el vértigo me obligó a sacar esa carcajada que vivía, sin yo saberlo, en la parte más húmeda y escondida y oscura del estómago. Joachima, me dije. Y Joachima fui. El Abramövic llegó luego.

Joachima Abramövic, Cristina, soy yo. No te quede duda de ello. Y tú eres la mujer que me teme; la mujer que espera sorprenderme, y atraparme, a la vuelta de la esquina o entre la multitud apresurada de una tarde de sábado. Tú no soy yo. Yo no eres tú. Acuérdate de eso. Y deja ya de temer. Por favor. No hay, de verdad, motivo alguno.

21

MENSAJE N.º 4

Mi vaso vacío está lleno de: huecos, silencio, agujeros, márgenes, aire.

Hay un vaso lleno de todo eso en mis manos.

Eso sueño continuamente. Sueño que, dentro de mi sueño, hay alguien como yo con un vaso vacío entre las manos. Y luego sueño que camino dentro de ese vaso. Y, a veces, salgo del sueño en el que camino dentro de mi vaso para despertarme dentro del sueño donde alguien como yo avanza con un vaso vacío entre las manos de otro.

Sueño mucho, Cristina. Sueño que me llamo Joachima. No sé cómo detener los sueños. No sé si quiero.

22

MENSAJE N.º 5

Sus cuerpos están destrozados también en mis sueños. Sueño que sus penes se encuentran —enhiestos, invariables, fríos— dentro de frascos de vidrio que alguna vez albergaron conservas. ¿Y qué merece conservarse más que el deseo?

A veces siento ese deseo. En mis sueños. Y camino como dentro de un vaso hacia la cocina. Ahí enciendo la luz, atravieso la habitación hasta llegar al refrigerador blanco y ancho, de suaves líneas redondeadas. Un aparato electrodoméstico. Palabras en color plata. Lo abro. Más luz. Observo los frascos. Pienso. Me lleva un rato decidirme. Uno. Dos. Tres. Cuatro. Esta vez escojo el primero. Lo llevo a la mesa y, lentamente, como si eso fuera ya el inicio de la satisfacción del deseo, le doy vueltas a la tapa. El rechinido. El aroma del formol. La consistencia del objeto robado. Todo eso entre mis manos y, luego, dentro de la boca y, en un abrir y cerrar de ojos, entre los senos, sobre el ombligo, en el pubis, dentro del sexo.

¿Crees, Cristina, que esto signifique algo?

23

MENSAJE N.º 6

La mujer detective nunca me entenderá, Cristina. Está, te lo juro, incapacitada para eso. Esa pobre mujer nunca podrá ni siquiera imaginar a alguien como yo. ¿De cuántas maneras quieres que te lo escriba? No tiene cerebro para eso. No corre riesgos. No tiene violencia.

Deja ya de llamarla o de reunirte con ella en el mismo restaurante cada que recibes algo mío. ¿No entiendes tú que lo escribo solo para ti? ¿Tampoco tú, a final de cuentas, serás capaz de comprenderme? ¿Tampoco tú me puedes imaginar? Ya basta de tener miedo.

Te aviso para que le lleves información fresca y desconcertante a la mujer esa sin imaginación, a esa que poco a poco, ¿lo notas como yo?, trata de convertirse en tu cómplice o tu confesora, que ya no me llamo Joachima Abramövic.

Joachima Abramövic murió. Todo muere, lo sabes. Y ella murió.

Ahora soy Gina Pane y tengo frente a mí una colección de hojas de afeitar sobre la repisa del baño, justo bajo el espejo del botiquín. La repisa es blanca. ¿Has observado con cuidado una hoja de afeitar? Hasta una simple hoja de afeitar se vuelve enigmática cuando se la observa con cuidado.

Desde afuera: Gillette. Rectangular. Con esa curiosa forma en el centro vacío. ¿Habías notado que todo centro, cuando es centro, está vacío? Delgadísima. Con filo.

Desde adentro: Un corte. Un hilito de sangre. Una marca.

Cada mañana, antes de colocar mi cuerpo bajo el chorro de la regadera, escojo una. La elección me lleva bastante tiempo. Aunque parecen iguales, en realidad todas son muy distintas. La diferencia, como toda verdadera diferencia, es milimétrica. Solo yo la detecto. Solo yo soy capaz de imaginarla. Cuando me decido, y pase lo que pase todas las mañanas me decido por una, la llevo conmigo hacia el agua. Un chorro divino. Si lo hicieras, tú también notarías la suave precisión con que la navaja resbala sobre la piel, la sinuosa sensualidad de la sangre cuando sale del cuerpo, la irrebatible realidad de la cicatriz. A ti también te gustaría. Estoy segura de ello. Lo supe desde que vi tu cara, te lo dije, en la Nota Roja. Fuera de ti. A ti también te gustaría esto. Mi letra. Esta manera como resbala la pluma sobre la hoja, sin compasión. Y el erótico fulgor de la tinta: marrón, sí, mezclada con vino. Burgundy. Pruébala. Mi tinta. Tu sangre. Esta marca, Cristina. Inolvidable. Lo verás. Me llamo Gina Pane. Y acabo de cortarte.

P. D. Pronto tendrás que confesar que te reúnes con ese hombre en lugares inconfesables. Pronto. Ya lo verás. Nada, cariño, escapa a su mirada.

24

MENSAJE N.º 7

Las muñecas desventradas por mis antiguas manos de muñeca, la desilusión al encontrar pura estopa (pura estopa tu memoria): el padre, que tuvo que ser Tiresias, flota en el río. Pero tú, ¿por qué te dejaste asesinar escuchando cuentos de álamos nevados?

Nada está oculto, Cristina. Los signos van abiertos. La frase va abierta. Todo está roto. Partido en dos. En tres. Desmembrado. El cuerpo. El texto. Todo es superficie. Una grieta. Corte. Pausa. Ve:

1) *Las muñecas desventradas*: ¿y no es un hombre sin pene una desventrada muñeca?

2) *Por mis antiguas manos de muñeca*: porque, en verdad, la muñeca soy yo. Yo siempre soy la muñeca. ¿Qué mujer que es mujer no es la muñeca?

3) *La desilusión al encontrar pura estopa*: porque cómo duele, ¿verdad, Cristina?, encontrar cuando se encuentra pura estopa.

4) (*Pura estopa tu memoria*): lista para el desperdicio o para la lumbre.

5) *El padre, que tuvo que ser Tiresias*: ¿y sabías tú, Cristina, que Polimnia y Apolo visitaron a Tiresias en su última noche para decirle que él era una historia y que las historias no acaban nunca y que las historias crean a los dioses y a la poesía, nunca al contrario? ¿Lo sabías?

6) *Flota en el río*: y todo lo hace al final de cuentas. Flotar en el río. Lo cual produce el río y el flujo del río.

7) *Pero tú, ¿por qué te dejaste asesinar escuchando cuentos de álamos nevados?*: ¿y te has dado cuenta, Cristina, de que estamos rodeadas de álamos? Son tan hermosos, ¿verdad? Sin duda. Lo son. Hermosísimos.

El que analiza, asesina. Estoy segura de que sabías eso, profesora.

El que lee con cuidado, descuartiza.

Todos matamos.

Esto es una navaja, no una broma.

Si pudiera, te diría que estoy enamorada. Y soy, ahora, Lynn. Me llamo Lynn Hershman.

25

MENSAJE N.º 8

Lynn lleva un sombrero de fieltro. Lynn lleva un saco de lana, dos botones de nácar en la cintura entallada. Lynn lleva guantes de cachemira blanca. Lynn camina lentamente, contoneándose. Una mujer de los años cincuenta. El eco de los tacones, clap, clap, clap, contra los techos cóncavos del convento. Una foto. Lynn lo llama. Dice: ven. Sin decir nada. Lynn lo llama y sin decir nada dice: ven. Una foto. Lynn se hace seguir y pone cara de alarma. Una foto. Lynn se levanta la parte posterior de la falda y tiende el pecho sobre una banca. Lynn ve hacia la alta, alta ventana ojival mientras se separa las nalgas. Una foto. Lynn se acomoda y lee, incómodamente, *La historia de O*. Álamos fabulosos afuera. Aire. Follaje. Eso ve. Adentro: el pene. Lynn entrecierra los ojos. Una foto. El pene pene-tra. Pen-entra. Follaje. El pene desaparece. Lynn cierra los ojos. Una foto. El bosque.

¿Y si esto no es sexo, entonces qué es?

¿Y si esto no es muerte, entonces qué es?

Me llamaba Lynn Hershman. Pero todo muere, Cristina, ¿te acuerdas? Todo cansa.

Ay, Lynn, cómo te amé. Una foto. Otra foto. La última. Fin.

26

MENSAJE N.º 9

Si esto fuera un video estaría yo aquí, frente a ti, con la cara cubierta por la imagen de un video. *Phantom Limb Seduction.* ¿Sabías que, después de extirpados, siguen doliendo? A mí me dueles tú, por ejemplo. Y yo debo dolerte. Ay. Ouch. Aghr. Quiero dolerte. Dientes apretados. Manos como puños. El asomo de una lágrima verdadera en una esquina de los ojos. Algo así.

Si tuviera cuerpo, un cuerpo, una unidad y no esta aglomeración de miembros fantasmas, también estaría aquí, frente a ti. Entonces te diría que me llamo Roberta, que me llamo Tillie. Te diría que me gustan los álamos. Te diría que Mary Shelley fue la primera mujer que creó la idea de un ser humano artificial. Te diría que Frankenstein es un ser enigmático. Correría a tu lado. Correría siempre.

Si fuera un vaso vacío lo colocaría aquí, dentro del sexo.

Si escribiera mensajes para ti, seguramente lo confesaría. Diría: Déjame en paz. Diría: Ya estuvo. Y me dejaría hechizar por la manera en que el vino de la tinta abre surcos en la hoja blanca de algodón cien por ciento. Y doblaría el papel, crick crack crack, y, corriendo a tu lado, siempre a tu lado, siempre cerca de ti, *phantom limb*, lo depositaría en lugares insospechados pero obvios.

El ruido de la respiración. Óyela. El latir desmanado. La boca abierta. Registra todo eso.

Te conozco mejor de lo que tú te conoces. Y lo presumo. Eso diría si te conociera. Eso diría si alguna vez me hubieras visto: ojos asustados pero azules, dedos largos, cabellos rizados, caderas de muchacho. Si alguna vez te hubieras aproximado hacia mí con los brazos extendidos y la sonrisa iluminada. Te conozco mejor de lo que te conoces. Si supieras mi nombre.

Si esto fuera un video. Si tuviera cuerpo. Si fuera un vaso vacío. Si escribiera. Si yo fuera una mujer increíblemente pequeña. Mi nombre es Lynn. Lynn Hershman. Y mi nombre, como te lo imaginas, como lo sabes, como en tu propio caso, mi nombre no soy yo.

27

MENSAJE N.º 10

¿Así que te gusta mayo? Mayo no es ahora, Cristina. Entiende. ¿De cuántas maneras tendré que escribirlo? Mayo fue.

Nadie moriría en mayo.

Te dejo esta página debajo de tu zapato, pegada con goma de mascar. Caminarás. Darás solo dos o tres pasos y te darás cuenta. La arrancarás de un súbito movimiento desesperado. Me leerás. No tendrás alternativa. Saldrás corriendo, como siempre. Solo el dolor te hará notar que estos no son tus zapatos para correr. El dolor en la parte superior del talón. Este dolor.

Esto es una broma, no una hoja de afeitar, Cristina. ¿Pero qué hay más hiriente que el sentido del humor? ¿Qué corta más que una palabra?

Nunca te haría daño. No en mayo. Porque mayo fue.

Cuando te detengas quiero que pienses esto: piensa que alguien te observa desde tu punto ciego que es el único lugar que tú no puedes ver. Piensa que no tienes escapatoria. Y luego, cuando hayas pensado todo esto, piensa, y piénsalo bien, piensa que siempre te querré.

28

MENSAJE N.º 11

Erzsébet. Un nombre.

El acto sexual: una especie de zona cerrada por un círculo.

Todo es posible. Todo debe ser posible. Hasta hablar con usted.

¿Podré?

«Por lo tanto, les digo, lectoras hinchas, que si me siguen leyendo tan atentamente dejo de escribir. En fin, al menos disimulen».

Nada es para tanto, ni siquiera un pene. Tu detective debería saberlo. Ya dejen de jugar al escondite. Ya empiecen a jugar.

NADA MÁS CÓMICO QUE LOS DESEOS NO REALIZADOS DE LOS DEMÁS.

Erzsébet Báthory. Un nombre y un apellido.

Ninguno de los dos es el mío.

Un tormento: sentirse deletreada por un semianalfabeto.
Algo así.
Algo así: mi vida con ustedes. Algo así.

29

MENSAJE N.º 12

Este es mi último mensaje. Disculpa, pero me pongo sentimental. Con ustedes dos no se puede, son una verdadera lata. Por eso desisto. Porque ustedes no lo harán.

Dejo la página pegada al cristal de la ventana de tu cuarto, por fuera, para que, al entrar junto con la mujer esa que no tiene imaginación, justo cuando las dos se queden inmóviles a causa de la sorpresa o del pavor, piensen que puedo ser un hombre que limpia ventanas en edificios altos o que puedo ser un ave mecánica o que soy tú misma, Cristina, o ella también. La detective.

Ahora se detienen ¿verdad? Ahora se aproximan. Ahora colocan las manos sobre el cristal (como tú a veces, como tú algunas noches) y no lo tocan. El mensaje es intocable. Lo acaban de descubrir. El mensaje es intocable. El mensaje está al otro lado del vidrio.

Les dejo, pues, la sospecha.

(Sí, esto es una risa. Esto es, de hecho, una carcajada. Sí).

III

LA MENTE DE LA DETECTIVE

En lo que concierne a la muerte en primera persona, es decir la mía, no puedo hablar en absoluto porque es mi muerte. Llevo mi secreto, si hay tal, a la tumba. Queda la muerte en segunda persona, la muerte de alguien cercano, que es la experiencia filosófica privilegiada porque es tangencial a dos personas allegadas. Es la más parecida a la mía sin ser la mía, y sin ser para nada la muerte impersonal y anónima del fenómeno social. Es otro y no yo, entonces sobreviviré. Puedo verlo morir. Lo veo muerto. Es otro y no yo y, al mismo tiempo, es lo que me toca más de cerca. Más allá, eso sería mi muerte, me tocaría a mí. La filosofía de la muerte está hecha para nosotros por su proximidad.

VLADIMIR JANKÉLÉVITCH

30

¿QUÉ SE NECESITA PARA MATAR A UN HOMBRE?

Primero está el gemido. Un par de gemidos. Luego, el movimiento rápido, aunque casi imperceptible, de las pestañas. Pequeñas arrugas alrededor de los ojos. Dos o tres balbuceos. Acaso el inicio de una palabra, una frase. Una gota de sudor. Un rastro de saliva por la comisura de los labios. El eco de todo eso. La cabeza sobre la almohada. El cabello enredado. El gemido otra vez. La saliva. Más tarde: el amanecer. Algo lleno de sol.

(Alguien duerme).

Cuando finalmente logra abrir los ojos, en ese segundo que precede a la vigilia pero que ya no es sueño, aparecen, veloces, las imágenes, el relato onírico:

Es de noche. Es una noche ruidosa y caliente. Ella está en cuclillas detrás de una camioneta, protegiéndose. El latir del corazón. El latir loco del corazón. Hay gritos. Y el ruido que se oye es el ruido de las balas, su trayectoria. Su largo hacer en el aire. Un hacer ligerísimo. Su punto final. Este es el momento: ella se incorpora y, sin ver, sin alcanzar a ver nada, presa del latir acelerado del corazón, toma el revólver entre las dos manos y apunta hacia la noche inmensa. Hacia la noche. Luego todo se calma, súbitamente. Y el ruido del silencio es más voluminoso que el ruido de la violencia.

Dice: no se necesita más que apuntar hacia la noche.

No lo dice en realidad. Lo balbucea. Esto: no se necesita sino apuntar hacia la noche para matar a un hombre.

Entonces vuelve a encontrarse con su mirada. La mirada de la sospechosa. La mirada de la mujer que bien pudo haber matado a un hombre, a tres más. Violentamente. Un túnel ahí. Un orificio de entrada sin orificio de salida. El cauce vacío de un río. ¿Pudo haber sido ella? La mirada que la ve a su vez, atenta. Sin pestañear. La mirada que la acusa. La mirada que se hace la misma pregunta: ¿Pudo haber sido ella? Luego recuerda la lista completa: *Un hombre que limpia ventanas. Un ave mecánica. Tú misma. La Detective*. Se sonríe. Se destapa. Salta de la cama hacia la duela. El rechinido del despertar. Soñó algo. Quiere recordarlo ahora, pero ya no puede. Soñó algo que no la deja despertar en paz.

31

RENDIR
EXPRIMIR
DESECHAR

Lo que se ve:

La Detective baila sola. Se contonea apenas. Flexiona levemente las rodillas. Casi no baila en realidad. Entrecierra los ojos. Los entreabre. Le da un trago a la cerveza que sostiene en su mano izquierda. Cierra la boca. Una mueca. Se encuentra cerca de la barra, lejos del pequeño escenario donde cuatro músicos muy delgados tocan una pieza estridente. Se encuentra lejos de la muchedumbre que salta y se agita al compás de sus canciones. Pero está ahí. Enreda algunas puntas de su cabello en el dedo índice. Y no está ahí. Otro trago de cerveza. El ceño. La concentración total. La concentración de alguien que trata de olvidar algo más. Ahí, en las orillas de un cuarto lleno de gente, sitiada por extremidades y sudor y sonidos, la Detective parece un faro, algo erecto y alto que ilumina lo que pasa a su alrededor, a sus pies. Allá abajo. Una giganta. Otro trago de cerveza. Pero cuando eleva los ojos, cuando ve lo que la rodea con un rigor que parece intolerancia o desdén, resulta obvio que el faro de la Detective no ilumina sino que oscurece su entorno. Solo existe lo que piensa, lo demás permanece en la oscuridad. Es un bar. Un lugar donde ha encontrado una esquina, un pliegue, un refugio. Un lugar oscuro donde baila, apenas, una mujer que piensa en otra cosa. Algo más.

Cuando sale del lugar coloca las manos en los bolsillos de su pantalón y camina, en zigzag, por las banquetas de la noche. El leve ruido de los pasos. El salto súbito sobre los rieles. El viento a través de las frondas.

Lo que no se ve:

Piensa en los muertos. Uno, Dos, Tres, Cuatro. Piensa en esos cadáveres mutilados que ahora no solo son un caso o un suceso o una noticia alarmante, sino también, sino sobre todo, una pérdida. Algo propio. Piensa en sus múltiples manos, sus parientes llorosos, sus fines de semana, sus zapatos. Piensa en el momento último. ¿A dónde iban cuando en realidad se dirigían hacia la muerte? ¿Quién se quedó esperándolos? El grito o el suspiro. Piensa en el ruido con el que le indicaron al mundo que estaban al tanto: esto es el final. ¿Los ojos en blanco? ¿Una maldición o una súplica en la boca? Sabe sus nombres y recuerda sus rostros, pero para poder trabajar en sus casos necesita llamarlos Uno, Dos, Tres, Cuatro. Así no le causan vómito. Así los protege. Esto es un velo. Uno, Dos, Tres, Cuatro. Los nombra así cuando se sienta a la mesa y, en lugar de comer, piensa. Recuerda. Clasifica. Enumera. Mastica.

Uno. Dos. Tres. Cuatro.

¿Cuántas veces los traicionará?, eso se pregunta ahí, dentro de todo lo que no se ve, atrás de los párpados. Sabe que no se detendrá cuando necesite entrar por donde entró el arma: husmeará dentro del cuerpo justo como el asesino y, a diferencia del asesino, los matará por segunda vez. Discrepancia sutil. Esculcará su vida. Los volverá al revés y, luego, al derecho. Ropa sucia. Sabe que abrirá los ojos (una lámpara) (un microscopio) y hará preguntas y examinará el contexto con meticulosa calma. Disciplina. Tantos años de experiencia. Uno, Dos, Tres, Cuatro. Quiere protegerlos de todo, sobre todo de sí misma. Quiere que, ya muertos, los muertos mueran verídicamente. Que descansen en paz, eso quiere, y eso es lo que no les puede dar, piensa. Anónimos y divinos a un tiempo, los muertos. Intactos. Así los quiere. No quiere descorrer el velo, necesita descorrer el velo. Uno, Dos, Tres, Cuatro. La Detective tiene que ver los datos como una unidad completa para poder identificar el contraste, la similitud. Un patrón de conducta. Necesita saber, no quiere saber, sabrá. Los descuartizará otra vez. Los mostrará, ufana, sobre la mesa limpia de una página. Se coronará de muertos, eso piensa. Uno, Dos, Tres, Cuatro. La sonrisa oblicua en su rostro. Esa tristeza. La Detective tiene que exprimir esas muertes, acabar esas muertes, torturar esas muertes para encontrar el lazo que las vincula a su verdugo. Eso es lo que la avergüenza: tener que matar las muertes que examina. Hacerlo con esa exactitud, con esa saña:

	Uno	Dos	Tres	Cuatro
Edad	28	32	35	27
Estado civil	Soltero	Soltero	Divorciado	Casado
Ocupación	Periodista	Bibliotecario	Traductor	Maestro
Nacionalidad	Local	Local	Extranjero	Local
Estatura	1.72	1.64	1.74	1.69
Tez	Morena	Blanca	Morena	Morena
Ojos	Cafés	Negros	Cafés	Cafés

Lo que está escrito en una hoja suelta:

Cuando, un mediodía, al final de una de nuestras habituales comidas, la Detective preguntó «¿Y no te parece que esa mujer o ese hombre escribe mucho como tú?» mientras sostenía los mensajes de la Viajera del Vaso Vacío entre las manos, estuve segura de que la desconfianza era mutua. No le pregunté qué libros había leído ni le pedí que me diera ejemplos. No me defendí. No dije: «¿Y a ti no te parece que tú cada vez hablas más como yo?», entornando los ojos. Mejor me entretuve observando el suave vuelo de una mosca. Mejor pensé, para mí, que no necesitaba explicaciones de ningún tipo, que escribir como otro o hablar como otro no es tan improbable después de todo. Ni tan difícil. Y recordé, mientras oía con sumo detenimiento el zumbido de la mosca que se estrellaba una y otra vez contra el ventanal, algunos de los ejercicios de escritura que había hecho de pequeña —ejercicios que, al inicio, consistían en transcribir, de manera literal, párrafos enteros de libros favoritos en hojas blanquísimas, cien por ciento de algodón, y que, con el paso del tiempo, consistieron en imitar ciertas marcas de estilo— la manera como algunos guiones abrían el territorio de la cláusula subordinada, el ritmo que producían los puntos y seguido, el lento final que resultaba a veces de las comas hasta que, ya domado, ya rendido, ya exprimido, me sentía con el derecho de desechar tanto al estilo como a la escritura de ese estilo, tan amado y tan detestable a un mismo tiempo. Me volví a ver su rostro y, ahí, frente a sus ojos abiertos, me pregunté cuánto tiempo le llevaría a la Detective llegar a eso. Rendirme. Exprimirme. Desecharme.

La mosca, entonces, se posó sobre la orilla de la copa de vino. Y mejor me concentré en esa nueva forma de silencio.

Lo que se oye:

Hay un laberinto y dentro del laberinto hay un hombre que camina al lado de una rama. Podría ser de sauce, pero es de un abedul, la rama. En todo caso lo que importa es el ruido de los pasos (zapatos de charol, tenis blancos, sandalias) y el ruido de las hojas y el ruido de la respiración cuando se termina.

Lo que en realidad pasa:
Eso no lo puede saber la novela.

32

EL ESPECTADOR TIENE QUE ESTAR AQUÍ Y AHORA

Decía Marina Abramovic que ella estaba interesada en un arte que perturbara y que provocara un momento de peligro. De esa manera, añadía, el público espectador no tendría otra alternativa más que estar en el aquí y el ahora. Decía: Hay que dejar que el peligro te apunte, esa es la idea. Colocarte en el blanco del ahora.

Mientras lee, la Detective pronuncia la palabra *Belgrado.* Lo hace tantas veces que, eventualmente, la palabra pierde sentido. *Belgrado.* Ahora la palabra es solo una ligerísima concatenación de letras. Apenas una cadena de sonidos. Una desmembración en ciernes. Así, sin unidad, sin completud, la palabra le gusta. Debe gustarle lo suficiente como para sentir placer al enunciarla, al oírla enunciada, fuera de sí. *Belgrado.* Marina Abramovic nació en Belgrado.

La pregunta que la Detective escribe lentamente, muy lentamente, sobre una hoja cuadriculada de su libreta Bond, forma italiana:

¿Por qué alguien querría ser Marina Abramovic? ¿Por qué alguien, el escritor o escritora de cartas anónimas, escogería, de entre todos los nombres, ese nombre? ¿Esa obra?

Lo que la Detective ve mientras, dándole la espalda a su escritorio, observa una pared donde no hay una ventana:

1) Una mujer se sienta en un cuarto durante más de cuatro días para limpiar mil quinientos huesos de res mientras canta canciones de cuna. En el mismo sitio, tres proyectores muestran a la mujer en escenas idílicas con sus padres. La mujer no cesa de cantar. No cesa.

2) Una mano abierta sobre una mesa. Un cuchillo entre el dedo índice y medio. Entre el pulgar y el índice. Entre el meñique y el cordial. Entre el medio y el índice. Gotas de sangre entre todos ellos. La velocidad que se presiente. El sonido. El sonido. El sonido. El sonido. El sonido real y la grabación del sonido. Todo esto repitiéndose hasta el hartazgo.

3) Una mujer emprende una caminata de dos mil kilómetros desde un extremo de una muralla. Un hombre hace lo mismo desde el otro extremo. Noventa días después, el hombre y la mujer se encuentran a la mitad del trayecto. Una cita en el fin del mundo. La mujer se sigue de largo después. El hombre también. Una separación brutal. Todo esto en Er Lang Shan, un 27 de junio de 1988.

4) Una mujer limpia un esqueleto con agua y cepillo. Concienzudamente. Detalladamente. Con ternura incluso.

5) Una mujer se hiere a sí misma. En público.

6) Una mujer sentada, por más de cuatro días, en una habitación impregnada del hedor a carne cruda y las imágenes

de su niñez. Una mujer que canta, incesantemente. Su cabello largo, negro. El rictus de la infancia. Sus lágrimas.

7) Los dedos de la mano abierta. Frágiles y huérfanos, los dedos. El sonido de la punta del cuchillo que se clava sobre la madera de la mesa. Una y otra vez. Otra vez. La velocidad.

8) Una mujer emprende una caminata para recorrer, en sentido contrario, todos los kilómetros que se necesitan para decir: esto es una separación.

9) Un cuerpo dice: el cuerpo sufre.

10) Un cuerpo dice: todo es un momento de peligro.

11) Una mujer se sienta en el centro de una habitación y, mientras arranca la carne cruda de los huesos de la res, mientras llora y canta, mientras resiste los deseos de vomitar, ve en los proyectores las imágenes de un cuerpo que se incorpora desde detrás de un vehículo y, alzando la mano derecha, apunta hacia la noche. El olor del hombre muerto alrededor. El primer aroma de cadáver.

12) Una mujer recorre una distancia enorme, dos mil kilómetros, la mitad de un país, para decir: esto es una separación.

13) Una mujer yace desnuda detrás de un esqueleto inmaculado.

14) Una mujer se pone un uniforme azul y se recoge el cabello suelto. La mano abierta. El cuchillo veloz. El revólver.

La noche. Mil quinientos huesos de res. Una canción de cuna. La muralla china. Las murallas todas. Una mujer. El peligro.

Lo que la Detective dice cuando un hombre joven le roza el hombro una, dos, tres veces:

—Valerio, ¿qué quieres ahora?

33

TODOS ESTAMOS AL TANTO AQUÍ

Siempre la sorprende el silencio de su aproximación. No atina a comprender si es una timidez excesiva o una manía temprana o su mera estructura ósea, pero Valerio se las arregla para que su presencia se convierta siempre en una aparición. Un motivo de estremecimiento. Alguna vez escuchó esta frase: una aparición siempre es una aparición. Cada que lo mira así, sobresaltada, se pregunta si es hace mucho o hace poco que trabaja para ella y, en cada ocasión, por más que lo mira y trata de hacer cuentas, tiene que aceptar que no conoce la respuesta.

—¿Algo importante? —le pregunta regresando su atención a la pantalla de la computadora.

—Seguimos sin dar con el arma —refiere, ceremonioso, como si no estuviera dando una mala noticia—. Tampoco hemos encontrado los penes. Tenemos el reporte del forense: nada sorpresivo. Y tenemos esto —dice al momento que coloca una pila de periódicos sobre su escritorio— además.

La Detective dirige la mirada a los encabezados y, con los labios fruncidos, se vuelve a verlo.

—Pensé que se trataba de algo importante. —Los dedos de ambas manos en el teclado, presionando letras.

—Hay algo —murmura después de un rato, tomando asiento frente al escritorio—. Una especie de ruta.

Antes de continuar, extrae un pequeño mapa de su bolsillo y, con ayuda de un bolígrafo, coloca círculos rojos sobre las direcciones de las viviendas de las víctimas en los suburbios de la ciudad. Luego, con la misma pluma, señala con una X el área, muy céntrica, donde aparecieron sus cuerpos sin vida.

—¿Lo ves? —La ansiedad en su rostro clara y trémula, altiva.

—Muy lejos de sus territorios naturales, sí —confirma la Detective—. Bastante lejos.

—Son hombres en busca de algo ¿no te parece? —Habla en voz alta, pero no se dirige a ella sino a sí mismo—. Todos dejaron la comodidad de sus hogares o departamentos o *lofts*, y te juro que todos sus hogares son verdaderamente cómodos, para arribar al centro de la ciudad con el fin de encontrar algo. —Se interrumpe, vuelve la mirada al techo tratando de identificar la palabra adecuada para expresar lo que piensa pero, al no poder hacerlo, vuelve a posar sus ojos sobre los de la Detective con parsimonia—. Algo distinto. Un riego, tal vez.

—No necesariamente para encontrar, Valerio —le reclama—. También pudieron dejar sus suburbios para perder. Para perderse. Después de todo, ¿a qué va uno en noche de fin de semana al centro de la ciudad sino a perderse?

Inclinada sobre el escritorio, con la mirada fija sobre el hombre joven que trata de buscar una palabra ilegible en el techo de su oficina, la Detective da la apariencia de ser un águila. Un ave de rapiña.

—Ya entrevisté al mesero del bar donde pasó su última noche el primer hombre. —Hace una pausa esperando la pregunta de la Detective y, al no llegar, continúa sin agravio aparente—. Salió solo. Había estado ahí un par de horas. Viendo sobre todo.

—¿Viendo qué?

—Sexo, por supuesto —dice, incrédulo y molesto a la vez—. Vulva. Ano. Culo. Labios.

La Detective lo observa.

—¿Estás seguro?

—¿De qué? —le pregunta ya abiertamente exasperado.

—De que era eso lo que veía —le responde ella con una calma tensa y una voz apenas contenida—. Pudo haber visto tantas cosas después de todo.

—En efecto —menciona con un escozor apenas velado en la voz, fastidiado e incómodo al mismo tiempo—. En todo caso sería bueno que te preocuparas por eso. —Le señala con el rabillo del ojo el montón de periódicos—. En uno de ellos se insinúa que alguna vez, en defensa propia —susurra primero y, al advertir su falta de reacción, su indiferencia, la mirada que huye hacia la pantalla, eleva el tono de la voz—. Te acusan de haber matado a un hombre.

La Detective toma a toda prisa el periódico y, antes de leer el texto que le señala su asistente, se ve inundada por una serie de imágenes veloces y confusas. Ahí está la mujer en cuclillas detrás de la caja de una camioneta. Ahí está la noche y, en la noche, el silbido de las balas que la cruzan. Ahí está ella, ella misma, irguiéndose de pronto ante todo eso y disparándole, el latir del corazón en el gatillo, a la noche. El silencio también está ahí. El silencio posterior. El silencio inmediato y, también, el silencio de muchos años juntos. Es su sueño recurrente. Su pesadilla. Se incorpora y, animal enjaulado, da dos pasos o tres alrededor de su asiento, solo para volver a caer, exhausta. Se trata, desde luego, ahora lo reconoce perfectamente, de su pesadilla. Eso es lo que ha estado soñando. Esas son las imágenes que no la dejan en paz noche tras noche, en las pocas horas en que puede conciliar un sueño frágil y amedrentado por donde se cuelan el silbido de la bala, ese latir de corazón, la oscuridad.

—Tú estás al tanto de que fui exonerada de todos estos cargos, ¿no es cierto? —El dedo índice sobre las letras del periódico, los ojos llenos de un fulgor que no le conocía. Por un momento, piensa que la Detective está a punto de llorar o de partirse en dos o de deshacerse en mil pedazos. Una bomba de tiempo. Apenas por un momento se convence de que la mujer con quien ha trabajado ya un par de meses sin que le pregunte nada de tipo personal, sin compartir a su vez ninguna información privada, tiene, en efecto, días y noches, minutos, horas, saliva, pasado. Es un ser humano, piensa. Por primera vez... Y el mero pensamiento silencioso lo pone de buen humor.

—Claro —le dice—. Todos estamos al tanto aquí.

34

AQUÍ NUNCA VA A ENCONTRAR NADA EXTRAÑO, SEÑORITA

La mirada de la madre que ha perdido un hijo, especialmente si ese hijo ha muerto de manera violenta, no es comparable a ninguna otra cosa en el mundo. Esa mirada carece de metáfora, de analogía, de metonimia. En sentido estricto, luego entonces, se trata de una mirada que no existe. En el umbral de la puerta, con el cuello ligeramente flexionado a la izquierda, la Detective piensa en esa mirada que conoce bien, en la mirada inexistente que ha visto ya tantas veces, segundos antes de que la madre del primer hombre asesinado abra la puerta.

Luego sucede: la ve. La mirada de la madre choca contra su propio cuerpo y, al chocar, lo crea. No hay ruido.

—La esperaba —dice la mujer. Y eso es cierto. Hay tazas de té y galletas sobre la mesa de centro. Un olor a crisantemos. Otro a ropa limpia. A no ser por la manera en que mira, la Madre da la impresión de ser normal: una mujer de mediana edad que atiende a su familia y se esmera en el cuidado de su casa. Manos sedosas. Uñas pintadas. Rizos. A no ser por el hecho de que se disponen a hablar de su hijo asesinado, de su hijo brutalmente castrado, la mujer parece normal. La Detective la observa sin parpadear y la escucha con la distancia profesional y ecuánime que ha logrado fabricarse con el paso de los años: sin emoción pero con empatía, sin complicidad pero con humana preocupación, con entereza. Reciedumbre. La Madre habla para esa persona que escucha. Lo hace a tientas, en voz muy baja, susurrando. Lo hace y se toca las manos, una a la otra, como si buscaran refugio o sosiego. Se le escapa una lágrima, dos. A su pesar. Justo entonces, mientras la mujer se desdobla, la Detective la identifica: la arruga nueva. Es apenas una línea sobre el mentón; una línea que aparece solo con ciertas frases, las más rotas o parcas. Las menos audibles. La Detective se detiene en el filo de su asiento tratando de entender las palabras de la Madre sin tener que interrumpir su relato y, por eso, la ve de cerca y no puede evitar reconocerla: es la arruga que nace un día después del anuncio de la muerte. Ella lo sabe bien. Es una arruga que viene, entera y veloz, de la violencia: la violencia de la muerte, la violencia del conocimiento de la muerte. Es la respuesta de la piel.

Para evitar ver la arruga que, de súbito, la llena de pesar, la Detective se aleja tanto como puede del rostro de la Madre, pero pronto comprueba que, de esa manera, no puede escuchar las respuestas que ha venido a buscar. Por eso vuelve a aproximarse aunque, esta vez, trata de distraerse mirando hacia su entorno con el rabillo del ojo. Lo ve que así, oblicuamente, el reflejo de un reflejo, la estremece. No sabe por qué, pero el orden de la casa, sus colores neutros, sus mullidas alfombras, le provocan una congoja muy parecida a la que acaba de experimentar frente a la arruga del mentón. La inocencia del espacio. La blanca amplitud del espacio donde creció un niño que, muchos años después, aparecería mutilado. El contraste la atosiga. Por eso observa a la Madre y, luego, pestañeando de una manera estruendosa, no puede seguirla viendo. Baja la vista y, en lugar de poner la atención debida, piensa en la mirada de su propia madre. En la arruga que ella también lleva en el mentón. ¿La mirará así alguna vez?, se pregunta y, de inmediato, sintiéndose patética, esboza una leve sonrisa, eleva el rostro y se dispone a escuchar.

La Madre habla de la juventud de su hijo. Habla de su belleza. Habla de sus ojos color café. Y ensueña: la infancia, esos años; los años en que nadie imaginaba lo que pasaría, lo que pasaba en ese justo momento, el motivo de la reunión entre una Madre de mirada inexistente y una Detective acostumbrada a escuchar cosas indecibles. Habla de su sentido del humor. De su manera de caminar: aprisa siempre, confiado. Habla de sus primeros artículos en la prensa y le muestra recortes amarillentos, doblados a la mitad, frágiles. El olor a polvo. La tos. Ningún tema peligroso. Nada fuera de lo común. Cosas de la época. Habla de alguien a quien amará, sin remedio, toda la vida. La Detective permite la acumulación de datos, alerta y respetuosa. Algo debe decir, acaso algo ha dicho ya que le ayude a recomponer la historia que ahora le toca desentrañar.

Des-entrañar.

La imagen llega de inmediato, con la palabra misma, des-entrañar: ahí está otra vez el vientre machacado, abierto, todavía cubierto de sangre fresca. Una boca en realidad. Un orificio brutal. Lo sin entraña. La entraña expuesta.

—Pero debe tener una idea ya, ¿verdad? —le pregunta la Madre cuando se da cuenta de que la Detective, aunque sea por unos segundos apenas, se ha distraído con algo más. Algo intangible.

—Nada en firme —confiesa—. Por eso necesita hablar, hablarme.

La Madre trae fotos: un recién nacido, un niño, un adolescente, un hombre. Desarrollo lineal. Curva de vida.

La Madre le cuenta: escuelas, amigos, viajes, gustos, *hobbies*.

La Madre elucubra: un robo (no tiene sentido), un accidente (no lo parece), ¿una venganza? (pero ¿de quién?).

La Madre calla, de repente. Parece que se acaba de dar cuenta de que su hijo está muerto, muerto para siempre. Entonces coloca el rostro entre las palmas huecas de sus manos y solloza ruidosamente, sin importarle que la Detective la observe, contrita, desde una corta distancia.

—Sé lo difícil que es este momento —carraspea—, pero me ayudará si me habla de sus últimos días. Los últimos días de su hijo. ¿Algún cambio súbito? ¿Alguna conducta inesperada? —Se miran las dos: un choque de desconocimientos: el leve temblor de la ansiedad. El miedo.

—¿Qué enemigo tendría tanto odio para cometer un acto de tamaña brutalidad, oficial? —le pregunta sin tratar de responder a una pregunta que no ha escuchado bien—. ¿Quién podría no saber que el enemigo, su enemigo, era capaz de eso, tal vez de más? ¿Quién podría estar tan ciego, tan sordo, tan mudo? —El volumen de su voz aumenta a cada nueva interrogación—. ¿Quién era, en realidad, mi hijo? —Una duna vacía dentro de cada ojo desmesuradamente abierto.

Ahí estaba otra vez la pregunta prohibida. Esa es la pregunta con la que los conocidos y los amados admiten lo que todo mundo constata cuando ocurre un asesinato: no lo conocía. No completamente. No de la manera en que él o ella creía. Él era otro. Es otro. Siempre fue otro. Eso hace el asesino. Con sus armas, que no son metafóricas, el asesino descubre la historia subterránea en el relato de la vida de la víctima. Levanta las cortinas. Abre las puertas. Corre el velo. Prende la luz. Poner al descubierto: eso hace el asesino. Helo todo aquí. Abierto.

—Mi hijo era feliz —dice la Madre, como si la felicidad constituyera un escudo contra la muerte o contra el conocimiento de las capacidades del enemigo—. Le aseguro que mi muchacho era feliz —insiste.

—¿Sabe si le gustaba el arte contemporáneo? —le pregunta, después de un largo silencio, la Detective.

La Madre se vuelve a verla con la boca semiabierta y los ojos rojos, las puntas del cabello hacia arriba, electrizadas de repente.

—No sé, oficial —murmura finalmente—. No sé qué sea el arte contemporáneo —admite, en murmullos, la mujer, antes de entrar a ese mutismo lleno de recuerdos de infancia. La infancia de él. Su hijo. Su único hijo varón. La Detective le pide, entonces, que le muestre su antiguo cuarto y, dócil, la madre la guía hacia la planta alta sin decir una palabra más. El tufo de cosa inmóvil y guardada en el momento en que la puerta se abre. La rígida escena de un campo sin minas frente a sus ojos. Las paredes azules. Las cortinas azules. Los libros sobre los estantes. El pequeño escritorio bajo la ventana. La pantalla de un televisor pequeño. Los cables de los juegos de video. La Detective lo absorbe todo a medida que avanza sobre la alfombra. Se trata del cuarto ordenado y limpio de un niño feliz, un niño con todo. Es el cuarto que ella nunca tuvo. Se vuelve a ver a la Madre que, ya sin ánimos, recarga su mejilla contra el filo de la puerta.

—Aquí nunca va a encontrar nada extraño, señorita —murmura al momento que la Detective se detiene en el centro de la recámara sin decidirse todavía a abrir los cajones o las puertas de los clósets.

—Lo sé —le responde. Los ojos entornados. La voz suave—. Lo sé —repite, volviéndose a verla una vez más.

Cuando la Detective sale de esa casa espaciosa y blanca, de ese cuarto ordenado y azul, no puede evitar darse cuenta de que lleva los puños apretados. Antes de encender el coche no sabe, sin embargo, que dos cuadras adelante virará a la derecha en lugar de a la izquierda y que, en vez de dirigirse a su oficina, tomará la vía rápida, solo para desembocar minutos después en una calle estrecha, sembrada de semáforos. Bajo uno de ellos, mientras espera con ansiedad el cambio del rojo al verde, la Detective se percata de que pronto pasará por el Callejón del Castrado. Sin detenerse ahí, baja la velocidad y, a vuelta de rueda, se adentra en callejuelas llenas de agujeros y banquetas con gente apresurada. Es la hora del crepúsculo. La luz del sol tiene un tinte violeta que la obliga a observar el contorno de las nubes. No es sino hasta que se apaga el motor que lo acepta: se ha estacionado muy cerca de la casa de su madre. Quiere verla sin ser vista. No quiere entrar en ese departamento estrecho y oscuro donde ahora prepara la cena. El aroma de aceite frito en su entorno. La cebolla. La pimienta. El delantal sucio. No quiere ver sus ojos dulces y grandes, ni sentir su abrazo, ni sentarse a su mesa. No quiere, sobre todo, pasar frente al bulto del hombre que, con las piernas abiertas y los brazos sobre el sillón, mira las imágenes del televisor mientras eructa o se rasca sin discreción alguna los testículos. Quiere husmear por sus ventanas y pescar, de ser posible, algún eco de su voz, pero no quiere entrar. No en eso. No en ese mundo. Prefiere subir las ventanillas de su auto y estirar el cuello para ver si allá, en esa otra ventana, aparece de pronto la silueta de su madre. Un atisbo de su rostro.

—Deberías pasar —oye que le dicen. Lo oye claramente.

—Lo sé —responde—. Lo sé —insiste. Luego enciende otra vez el motor y, tal como apareció, a vuelta de rueda, con la levedad de los seres imposibles, se aleja de los edificios de ladrillo rojo detrás de los cuales su madre. Su padre. Su perro.

—Debería —murmura cuando finalmente puede acelerar—. Lo sé. Sé lo que debería hacer.

35

LA ESPECTADORA

No sabe si va de regreso porque le interesa ver una vez más la escena del primer crimen o porque quiere ver los ojos tatuados en sus ojos. Alguien la lleva de la mano, jalándola. Cuando se detiene, cuando la duda o el temor paralizan sus piernas, algo o alguien le susurra palabras al oído. Dice: *Hablo de esa perra que en el silencio teje una trama.* Dice: *Si soy algo, soy violencia.* Dice: No quiere decir *ir al encuentro de alguien*, sino *yacer porque alguien no viene.* Se deja llevar a ratos y, a ratos, vuelve a suspenderse. Mira el cielo. Mira a los transeúntes. Mira a los aparecidos. Soy la que yace, piensa. Mira la luz del crepúsculo y, frente a un aparador, comprueba que se ha convertido, justo en ese momento, en una mujer iluminada. Puro interior.

—Soy una niña de metal, ¿lo ves? —oye que alguien dice—. Juro que cerraré los ojos y que nunca hallaré consuelo.

El ruido de los motores la distrae. La explosión del arranque. La lenta lejanía de la máquina. El trayecto de la máquina que se va.

—Es difícil respirar aquí. —Escucha y, como ella también tiene cierta dificultad para inhalar y exhalar, asiente de inmediato. Vuelve la cabeza sobre su hombro derecho y, luego, respira hondo, lo más hondo que puede, antes de extraer una moneda del bolsillo de su pantalón. La ve, juega con ella. Luego la arrastra contra la pared, dejando su marca. Una larga línea; una línea frágil. Cuando ve hacia atrás la sorprende la luz.

—No me sigas —murmura, molesta.

—Soy una niña de metal, te dije.

Lleva un mapa en las manos. Tiene miedo y mira el mapa, tratando de orientarse o de esconder los ojos o de fingir que es una persona que necesita un mapa para andar. Es el mapa de una ciudad marcada por cruces. Cada cruz es una señal que significa: AQUÍ SE ENCONTRÓ EL CUERPO DE UN HOMBRE CASTRADO.

Mientras camina, constata que se trata de una ciudad de dimensiones pequeñas y diseño angular. Es una ciudad de callejones y no de calles; una ciudad umbrosa que solo en contadas ocasiones recibe el brillo de la luz artificial. Una ciudad construida con ladrillos —rojos, rugosos, carcomidos— y no con lisos bloques de concreto. No es una ciudad de hierro. No es una ciudad suave al tacto. Es más fácil oírla u olerla que verla. La ciudad está dentro de la otra ciudad que la contiene, en su mismo centro, pero también está en sus súbitas orillas internas —en las isletas urbanas donde, seco y contenido, se expande un mundo natural en franca competencia con el contexto que lo hospeda—. Mira el mapa otra vez y, de inmediato, se vuelve a ver lo que la rodea. Más que un sitio, se trata de un desplazamiento, se dice. Y, más que un desplazamiento, se trata del obstáculo o la duda que interrumpe el desplazamiento o lo disgrega, se dice. La ciudad singular, la ciudad de los muertos, la ciudad cuya reproducción a escala sostiene ahora entre las manos mientras avanza por sus entrañas, es, sobre todo, una manera de hesitar con los pies, con el cuerpo entero. Con el cuerpo en movimiento. Lo que tiene entre las manos es el mapa de la ciudad de un caminante, se dice. El asesino o la asesina es, ante todo, un buen caminante.

El cuerpo de la Detective penetra el territorio de esa ciudad pequeña. La imagen de la quilla de un barco cuando violenta las aguas ya revueltas de un lago. La imagen de la lengua cuando, en el fluido contacto del beso, se introduce en la boca ajena. Afuera. Adentro. Una transición. Solo hay imágenes borrosas para eso, pero igual las ve. Más una ensoñación que un reflejo. Más un deslumbramiento. Una súbita pérdida de la razón.

Se trata de una adolescente: rodillas protegidas por parches ovalados sobre el pantalón de mezclilla: chicle sabor menta: lentes oscuros: velocidad en los pasos que cruzan la avenida: uñas mordisqueadas: rasguños varios. La adolescente entra en la ciudad, fundándola. Todo existe en referencia a ella: los edificios rectangulares cuyas paredes muestran dos o tres capas de pintura vieja, rizos de decadencia. *Hey, tú, bájate de ahí.* Ventanas como agujeros: cortinas como pantallas: luz de televisores encendidos atrás de todo eso: ruido sucio. *¿Qué te crees? ¿Inmortal?* Mujeres de paso lento. Hombres de rápido andar. El gris: el color gris y el gris mismo: la bóveda estelar. *Le voy a decir a tu mamá.* Azoteas donde se acurruca un cuerpo que trata de escapar. La libreta sobre las rodillas. Las palabras: *No soy de aquí. Yo no soy de aquí. No soy de aquí. Yo veo más.*

La Detective se detiene, cautelosa, y se hace a un lado cuando la ve pasar.

La adolescente de cabello largo lo susurra, entre dientes, muchas veces. *No soy de aquí.* Y luego, como si no hubiera alternativa, *nunca volveré. Me voy a ir y nunca volveré.* Y, mientras lo enuncia, se asoma a la libreta como el pordiosero que, con ambas manos alrededor de la cara, mira la mesa servida a través de un ancho, ancho ventanal. La boca que saliva. El rencor.

Las ganas de vengarse. El lápiz atraviesa la hoja, hiriéndola. La adolescente lo enuncia una y otra vez, cada vez más enfáticamente. *Seré otra. Me convertiré en otra.* Y lo ve todo entonces, como quien se despide. Como quien ya se fue.

Una caterva de pájaros la obliga a volver la cabeza hacia el cielo: la noche está por llegar. El frío la despabila. Tiene que ver la escena antes de que la oscuridad sea total y, por eso, corre, aprisa. Corre *como si* huyera; como el actor que escenifica su propia huida. Prófuga teatral. De la ciudad esa. De la adolescente esa. De todo eso se escabulle. La gravedad: un pie: la anti-gravedad: un pie: el aire que se acaba. ¿Dónde aprendió todo eso? La respiración: una estampida de caballos. Algo salvaje o algo a punto de morir. Un estallido mudo: un ruido que se nota más en el gesto que lo origina que en el sonido donde se alberga. El llanto. La ciudad esa. La adolescente esa.

Cuando llega al escenario del primer crimen, todavía bajo la débil luz del crepúsculo, no encuentra nada inusual. Revisa la basura que se agrupa en pequeños montones irregulares, merodea con lenta curiosidad por la esquina, pasa sus dedos sobre los ladrillos rugosos: un poema bajo sus yemas. ¿Puede un poema ser un anzuelo? Ve lo que vio: el cuerpo y sus ángulos y la sangre. Lo rehace con milimétrica exactitud en la memoria, eso, lo visto. Luego, como su sombra, aparece también lo no visto. ¿Vinieron dos personas a leer este poema en un ladrillo? ¿Puede una invitación transformarse en un reto? ¿Caminaron dos personas una distancia corta para postrarse aquí, frente a estas palabras? ¿Celebraron el hallazgo? ¿Se besaban ya mientras uno o una de ellos empuñaba el filo sobre su sexo? ¿En esto puede terminar también la poesía? La Detective se agacha primero y, luego, en cuclillas, extiende el brazo para tocar las pequeñas piedrecillas de las que se compone el asfalto. Los pájaros otra vez, su vuelo.

—Soy tu espectadora —enuncia entre dientes para el cielo—. Estoy aquí, viendo lo que querías que viera, —Se incorpora. Golpea los costados de su cuerpo con las palmas abiertas. Está a punto de retirarse, pero se detiene. Vuelve a ver la escena.

—Ya tienes una audiencia —repite en voz baja. El rencor. La impotencia—. Sal —enuncia con las mandíbulas apretadas—. Sal que me muero de las ganas de aplaudirte.

36

EL TRIBUTO

Su belleza la sorprende. La belleza masculina siempre lo hace, eso, sorprenderla. Como si no la esperara nunca. Como si siempre ocurriera por primera vez. Observa el rostro en la fotografía que sostiene la Mujer Llorosa en su mano izquierda y lo único que se dice, literalmente, es ¡pero qué hombre tan hermoso! Una soterrada exclamación. Se trata de la víctima número Dos. Tez blanca. Ojos negros. Bibliotecario. Se trata de un avergonzado silencio propio: la mirada que busca algo inexistente en el suelo. La punta del zapato. Se trata de la obscena trayectoria que va de la muerte, violenta, al trazo que la vida ha dejado, sensual, sobre un papel albuminado.

—Era un hombre normal —le asegura la Mujer con quien el Bibliotecario había compartido los últimos meses de su vida—. Sus libros. Su rutina. Su casa. Un par de amigos. Nada extraordinario. Nada excéntrico.

La Detective recuerda sus manos, las manos del hombre número dos. Suaves, ciertamente. Tan tersas que parecían no tener líneas de la vida, huellas dactilares, ninguna seña de identidad. Sus manos excéntricas, se dice, recordándolas como las vio: sin vida sobre la plancha de la morgue. Huérfanas. Las manos que, a pesar del tabú o del asco o del miedo, rozó con sus propias manos.

—Pero no vivían juntos, ¿no es así?

—¿Qué quiere decirme? —le contesta a la defensiva, limpiándose las lágrimas—. ¿Está insinuando que no lo conocía bien?

—No insinúo nada —le dice en voz baja, tratando de no expresar la molestia que siente, una suerte de exasperación—. Digo que no vivían juntos o que, al menos, él tenía un apartamento en otro edificio. ¿Cierto?

Ella asiente. La ve y, después, le da la espalda.

—Nunca quiso deshacerse de ese piso. Pasaba ahí algunas noches. —Hace una pausa, duda, finalmente se da la vuelta—. Bastantes noches.

—Vivía allá en realidad —murmura la Detective, bajando la vista—, y algunas noches las pasaba aquí.

El llanto de la mujer la enerva. Mira sus lágrimas y la mano que pasa sobre su mejilla, arrasándolas, y no puede sentir compasión por ella. Hay algo ahí, en su manera de dolerse, que no le corresponde a la muerte del hombre sino a sí misma. La Mujer Llorosa llora por la mujer abandonada en un apartamento solitario, la mujer soltera, la mujer sin marido. La Mujer Llorosa no llora por él, por el hombre que ella vio, tendido, sobre la tabla de la morgue. El hombre que ella admiró aún muerto y que, aún muerto, tocó. La Mujer Llorosa no puede ver más allá de sus narices, no puede salir de sí.

—Pero sí tenía un interés especial por el arte contemporáneo —dice la Detective, tratando de llevar la conversación hacia otro lado—. Eso mencionó en nuestra primera entrevista, ¿no es así?

—Un interés puramente informal —le asegura la Mujer Llorosa—. Nunca escribió nada al respecto. Era una especie de *hobby*. Algo que hacía sin mí. De cualquier manera, su verdadera pasión eran los libros.

—¿Sin usted? —Su súbita incorporación en el discurso sobre un muerto la obliga a poner atención.

—A mí nunca me gustó nada de eso —afirma la ex Mujer del Bibliotecario mientras la mira de frente con los ojos empañados de lágrimas secas. Lágrimas idas. Lágrimas inexistentes—. No lo entendía. Me fastidiaba en realidad. Uno no tiene por qué compartir todos los gustos de su pareja —afirma después de un leve titubeo. Una disculpa. Una justificación.

—Cierto —murmura la Detective—. Uno no tiene por qué.

Cuando se sube a su auto, repite la frase: uno no tiene por qué. Observa los semáforos, los aparadores, el cielo. Hay caca de pájaros sobre su parabrisas. Enciende la radio. Uno no tiene por qué. Una canción de amor. El estado del tiempo. La situación del tráfico. El acelerador. Dos nubes. Tres. Cuando le repite la frase a su Ayudante a través de la bocina del teléfono lo hace lentamente, sin dar mayor explicación.

—¿Eso dijo?

—Eso —lo confirma—. Eso mismo.

—¿La pequeña olvidada? ¿El miedo de la muerte del amor? ¿La solitaria en el desierto?

—Todavía más enojada —lo dice y lo piensa al mismo tiempo—. Más en el tenor de *el frío pagará. Pagará el trueno.*

—El tributo —interrumpe.

—Eso.

37

SENSACIONES DE ÉXODO

Afuera: la noche: adentro.

La luz de la lámpara, encendida.

El libro que contiene los diarios de Alejandra Pizarnik: al lado derecho de la cama, sobre el piso de madera. Un lápiz amarillo entre sus páginas.

Los ojos de la Detective, cerrados.

Una espada (flamígera) (esbelta) (metafísica) entre las manos.

38

EN UN CAMPO, Y CON LA AYUDA DE DOS ESPEJOS, ENTERRÉ UN RAYO DE SOL EN LA TIERRA

Anota: para dejar que el peligro me apunte. Para que me coloque en el blanco del ahora. Para poner al mundo en un aquí y un ahora del que no pueda escapar.

Luego la ve.
Me ve.

Constata mi aproximación. ¿De qué huirá ella? Se lo pregunta mientras me ve correr del otro lado del ventanal. La gravedad. La falta de gravedad. Una mujer apresurada. Siempre. Si no fuéramos a hablar sobre Gina Pane acaso le sonreiría.

—Antes que nada debes saber que murió hace tiempo —le alcanzo a decir entre resuellos, justo después de echarle un vistazo al libro que, abierto, cubre casi por entero el cuadrado de la mesa. Se lo digo justo antes de empinarme una botella de agua.

—Lo sé —me contesta la Detective, mirándome con la atención de alguien que intenta, infructuosamente, reconocerme.

24 de abril 1962

Mirar un rostro tal como es. Imposible, si una de mis miradas se ausenta en el mismo instante en que miro con excesiva intensidad. Dicho de otro modo: como si mis ojos fuesen enemigos decididos a interferirse: el ojo ausente deforma y transforma lo que va recogiendo el fiel testigo, el ojo presente.

—Evidentemente le gustan las navajas —dice y, simultáneamente, me extiende el texto del Mensaje n.º6 de la Viajera del Vaso Vacío. Las dos nos miramos a los ojos. Dubitativas. Suspicaces. Cómplices. ¿Hace cuánto tiempo? ¿Hace cuánto? ¿Hace? Un puente de papel. Un puente hecho de texto.

—Pero hay otras artistas, bastantes más ¿no es así? —pregunta en voz alta, mirándome como si me conociera de toda la vida—. ¿Por qué Pane? ¿Por qué no otra? ¿Otro?

La sonrisa de la ironía más pura. La sonrisa de la resignación.

—Eso, mi querida Detective, es algo que tú debes investigar, no yo. —El reto emerge natural de mis labios. Una flor nuclear. Una provocación. ¿Hace cuánto?

31 de mayo 1962

Recuerdos de infancia: muros, detonaciones, gritos. El aire es un campo de concentración para una niña minúscula que baila sobre el filo de un cuchillo.

—El cuerpo. El dolor. La herida. Tal vez por la apertura que es toda herida. Una marca. Una entrada también. La luz al otro lado del túnel. —Enumera con una lentitud casi científica—. Mi cuerpo es un instrumento de dolor, parece decir —dice.

—Por todo eso, sí, claro —titubeo—. Debió elegirla por eso y por el rayo de luz que entierra ¿no crees?

28 de julio 1962

A veces es la sed, a veces el llanto de un abandono sin historia. A veces lloro en mi sed, lloro por medio de mi sed, porque a veces mi sed es mi comunión, mi manera de vivir, de testimoniar mi nacimiento, de liberarme y de dar acto de fe. Pero a veces lloro lejanamente por la otra que soy, la evadida en mi sangre, la ilusionada, la aventurera que se fue en la noche a perseguir los tristes rostros que le presentó su deseo enfermo.

—¿Por el lirismo de la acción?, ¿el romanticismo trasnochado?, ¿la ilusión atroz?, ¿el patético juego de niños?, ¿la puntada del verano? —Las preguntas ahora tan lentas como antes la enumeración. Disparos que dan, eventualmente, en el blanco.

Aquí.

Ahora.

—El mediodía del 20 de julio de 1969 en Eco, Francia —lee y se interrumpe—. Una puntada —añade.

En la fotografía: el cuerpo delgado, andrógino casi, de una mujer de cabellos cortos y rubios. El pantalón en tonos marrón; los cuellos en azul celeste. Un reloj enorme y redondo sobre la muñeca izquierda. La tierra como tierra. Un espejo diminuto en cada mano y, en el centro del hoyo negro, en el fondo de la caverna oscura, a la entrada de un túnel que todavía no existe, ese rectángulo de luz. Algo primigenio.

EN UN CAMPO, Y CON AYUDA DE DOS ESPEJOS, ENTERRÉ UN RAYO DE SOL EN LA TIERRA

2 de enero 1963

No eres tú la culpable de que tu poema hable de lo que no es. Si habla de lo que es quiere decir que alguien no vino en vez de venir. Pero ¿por qué hablo con verbos activos como si hubiera pasado la noche con una espada en la mano?

—¿Y nunca nadie lo desenterró? —pregunta.

Alguien no está ahí. Alguien está ido. La Detective es una mujer que se fuga.

—Estás pensando en otra cosa —lo aseguro con mucha calma y, luego, casi inmediatamente, la escudriño. Escudriño su mirada. Tomo agua.

Responde: *Sensaciones de éxodo.*

Responde: *El invierno da miedo. Miedo de que se vaya.*

Responde: *Respiración como asfixia.*

Responde: *Nadie quiere ser paisaje.*

Frases sueltas. Retazos. Piezas truncas. Palabras robadas. Textos. Hurtos gráficos.

—Pero en el paisaje ahora hay un agujero y, en el fondo del agujero, un rectángulo de luz que nadie ve, que nadie verá —digo y la escudriño. Le escudriño la mirada. Tomo agua.

—Pasé la noche con una espada en la mano —dice, definitivamente en otro lado. Ida.

—Todo esto te está haciendo mal. Ven —digo, preocupada. La tomo entonces de la mano y, como si se tratara de una convaleciente, de una enferma terminal, la conduzco hacia afuera del restaurante. Hacia adentro de la ciudad de los Hombres Castrados. Un callejón.

El camino es muy largo. El camino es tan largo que parece conducirnos al origen del mundo. El camino es el origen del mundo.

—Aquí. —Lo señalo. Es un promontorio. Un montoncito de tierra suelta, cemento y basura. Una isleta urbana que es en realidad una súbita orilla interna.

—Aquí —repito—. Aquí y ahora.

—Bien.

Las manos en la tierra. Las uñas llenas de tierra. La boca. La nariz. La respiración. Todo en la tierra.

39

EL ABANDONO EN QUE ME TUVO SE LO COBRO CARO

No quiero hablar de él.

No me interesa.

Tenía años sin verlo.

El abandono en que me tuvo, se lo cobro caro. Imperdonable. Inconmovible. Irreversible.

Así se ha de haber portado.

No quiero hablar de mi hijo.

No quiero.

Tengo un hijo muerto. Eso es todo.

Pero ya estaba muerto desde antes.

(De la visita al padre de la víctima número Tres).

40

EN ALGÚN MOMENTO TIENE QUE CAER

El zapato derecho sobre la baldosa. El zapato izquierdo. La ráfaga de viento que la obliga a cerrar los ojos, levantar el cuello de la camisa, introducir las manos dentro de los bolsillos del pantalón. El cuerpo encorvado. El pensamiento: este es el triste color marrón de los días cenicientos. La idea de que se encuentra en el centro de una duna, en otro país, siendo otra persona. La Detective eleva la mirada, hay papalotes en el cielo, y luego la dirige sin mucho ánimo hacia las orillas de la plaza donde se encuentra una hilera de bancas de cantera en las que nadie suele sentarse. Ahí, en una de ellas, debe estarla esperando una periodista que, y en esto ha insistido mucho, en realidad sí es una periodista. El viento la distrae. El viento la conmina a ver hacia arriba: si solo pudiera respirar o descansar o algo. Otra cosa. Algo más. Está a punto de sonreír.

—¿Quiere intentarlo? —La voz la toma desprevenida, el susurro. Frente a sí, a un par de pasos apenas, está alguien que no había visto, que no había podido ver a causa del polvo, la contaminación. Casi choca contra él. Casi lo besa: esa sensación.

—Se nota que le gusta, ¿verdad? —insiste el anciano, ofreciéndole la punta de un lazo que, remontado hacia el cielo, termina en una construcción romboidal.

—¿Qué es? —le pregunta, señalándole el papalote.

—Mi dragón favorito.

La Detective lo observa a él, al dragón. Lentamente. El polvo sobre las muelas. Ese sabor. La desconfianza. Hay alguien allá, sobre la banca. Una periodista la espera. El aire agitado, oloroso a salitre, a petróleo, a combustión. El polvo. Luego, sin pensarlo más, toma el cordel que el hombre le ofrece. La suave presión del aire. La sensación de estar conectada a algo invisible y superior. La sonrisa ahora sí amplia. La seguridad de ser, en este momento, la niña que nunca fue.

—Así —le dice el hombre, jalando el hilo y rozando con su mano huesuda, su mano de anciano, el hombro, el antebrazo—. Se trata —murmura— de que el dragón se remonte. De que permanezca allá.

La urgencia, ahora, de que ese allá fuese de color azul. Azul celeste. Si pudiera estar en una duna, siendo alguien más.

—Pero en algún momento tiene que caer —le contesta, todavía viendo hacia arriba—. En algún momento tiene que regresar ¿no es cierto?

—Ah, señorita —exclama el hombre mientras mueve la cabeza de derecha a izquierda. Luego le arrebata el cordel y, sin decir nada más, le da la espalda.

Está sola en el centro de una plaza enorme, vapuleada por ráfagas de viento que le impiden el paso, la visión, y no sabe, no sabe en realidad, si ha tomado el cordel en sus manos, si ha hablado con un anciano, si un dragón la ha conectado a un más allá de otro color. A lo lejos, en la orilla de la plaza que parece un continente, una duna infinita, debe haber alguien esperándola. Allá. Mujer sobre banca. Eso sabe. Hay una periodista que quiere hablar con ella de Alejandra Pizarnik. Pero ella no sabe si ella quiere, si ella misma quiere hablar hoy, en una plaza con las dimensiones extrañas de un continente lleno de dunas, de una poeta que parece ser la obsesión de un demente. Hoy no.

41

LA ENVIDIA DEL PENE

Mark Seltzer es un estudioso del crimen, alguien que cree que hay un vínculo entre los actos violentos (repetitivos, mecánicos, compulsivos) del asesino serial y los estilos de producción y reproducción de la cultura de las máquinas. Los asesinos seriales, los que matan y cortan y andan sueltos, literalizan, cree Seltzer, los principios de producción posthumana contemporánea. Un asesino serial es una máquina de cortar. Un crédulo.

Pero un asesino serial, dice Seltzer, también está imbuido por la fascinación de la herida. Es alguien que quiere mirar adentro.

—¿Adentro? —repite Valerio, recalcando uno de los vocablos que le oye enunciar en voz alta mientras lee el texto.

—Sí, adentro, dentro del cuerpo —aclara la Detective, despegando apenas la mirada de la página del libro pero guardando el tipo de silencio que se hace cuando se espera algo más.

—Como si el pene fuera la llave de una puerta —continúa el Ayudante, súbitamente inspirado—. Como si estuviera desechando la cerradura de la puerta para poder husmear a sus anchas.

—Metafóricamente, claro está —lo interrumpe la Detective. Dubitativa. Con una suavidad inesperada.

—Metafóricamente, por supuesto —dice él—. A sus anchas.

Luego se vuelven a verse el uno al otro. Se encuentran la mirada. Como si el ojo fuera la llave de un cuerpo. Como si en verdad quisieran saber qué pasa allá adentro.

—¿Quién querría un pene, Valerio? ¿Quién querría poner un pene en otro lugar?

El Ayudante se aclara la garganta antes de contestar:

—Alguien que no tiene un pene, por supuesto —dice. La voz trémula—. Alguien que quiere tener un pene.

—¿No estarás hablando de la famosa envidia? —enuncia la Detective mientras eleva la mirada hacia el techo lleno de grietas y, con alarde, le da la espalda.

—Tal vez estoy hablando de la envidia que no es tan famosa —murmura, cada vez en voz más baja, Valerio—. La del pene mismo, por ejemplo.

—¿Un pene quiere un pene? ¿Es eso lo que me quieres decir? ¿Que un pene quiere un pene?

—¿Por qué no? Un hombre, por ejemplo. Un hombre engañado. Un hombre al que dejan por otro. Un pene por otro pene.

—Un hombre al que han vuelto mujer, ¿eso dices?

—Un hombre que quiere recuperar algo que es suyo —concluye.

Lo ve de nueva cuenta. Piensa que la mente de los asesinos seriales es sumamente aburrida. Encuentra su mirada. De súbito, la sensación de que el ojo es, en efecto, la llave del cuerpo. De súbito, la curiosidad.

42

UNA ZONA CERRADA POR UN CÍRCULO

Piensa en lo que piensa un experto sobre los asesinos seriales cuando siente los labios húmedos, abiertos, escandalosos, sobre su propia boca. Piensa en la palabra «literalizar» cuando una mano llena de dedos avanza, hormigas en legión, hacia el sur de su pubis. Piensa en la frase «máquina de cortar» cuando abre sus dos piernas y cuando las cierra: tijeras: adminículos: hojas que blanden. Luego, junto con la respiración que se agita, que crece y se agolpa, llegan los ecos de sus palabras. Piensa en la espada.

El sexo: el único lugar donde todo está permitido.

Es un lecho: la cama femenina. Sábanas que no se han lavado en tres semanas. Libros abiertos, uno de Alejandra Pizarnik. Lápices sin punta sobre el nochero. Calcetines debajo de las almohadas. Demasiadas almohadas (¿almo-hadas?, ¿hadas de alma masculina?). Es una lámpara encendida. Una pared en verde: verdeaqua: agua. Y la desnudez (¿no era la desnudez lo *propio de la muerte*?): un hombre y una mujer. Sus huesos. Sus pieles: el órgano más grande del cuerpo. Sus vellos: ambarinos.

Sus pecas. Sus uñas: mordidas. Su roce. Su súbita urgencia. Su imbricación. Es un hecho.

El acto sexual: una especie de zona cerrada por un círculo.

Es un hecho: lo único que existe. Hadas masculinas. El alrededor: en fuga. La sensación de estar adentro de la pecera en que se ha convertido el pulso. Pam. Pum. Pam. La concentración absoluta del tacto. Huellas dactilares como microscopios. La ausencia mental. La presencia: entera. Un hombro. Un codo. Una rodilla. Los dientes: mordiendo. El cabello enredado con saliva. La saliva enredada con la oreja. La oreja enredada con la lengua. La lengua, ah, el olor. La punzada del olor. La espada del olor. El olor a cuerpo plural: un ramo de miembros atados por un listón de seda. Una concatenación. El olor y, luego, al mismo tiempo, el sabor. La complejidad del sabor.

Tienes el regusto, se escucha que dice él, del amarillo (trigal) (manzanilla) (árbol).

Tienes el regusto, se escucha que dice ella, del verde (cítrico) (verano) (agua que fluye) (pera).

Es un lecho. Son dos cuerpos. Es un agridulce sabor a no saberse. Y la manera esa en que se escuchan: suspiro que se diluye en aire. Aprender a estremecerse. Aire que se diluye en fosa nasal. Cocaína. Hostia. El roce infinitésimo: el envés (y el revés) del sexo.

Se puede hacer el amor con cualquiera. Es como ir al cine:

Y ver. Ver lo que la vista ve cuando no ve nada. Ver otro mundo desde otro mundo: estar ciega. Ver lo desconocido y, dentro de lo desconocido, ver también al desconocido. Decir su nombre. Decir: Valerio. Y desconocerlo, efectivamente. En ese justo momento. Su cuerpo dentro del suyo y alrededor. Decir

Valerio. Decir: tienes el regusto, también, a rojo. Este color. El dedo índice sobre las sábanas y la sonrisa, idiota, sobre la cara.

Es como ir al cine: un silencio y una participación.

La risa de los dos. El color rojo sobre los muslos, en la comisura de la boca, bajo las uñas. Decir: no tendremos hijos. Decir: sin duda alguna. La risa y la explosión de la risa y el eco de la explosión de la risa que, junto con los cuerpos, forma una muralla circular dentro de la cual se guarece el sexo. Rojo crepuscular. Rojo de incendio. Rojo de menstruación. Rojo de quemadura final.

Después se fuma y se habla y se discute.
4 de enero, viernes de 1963.

Luego, mientras él duerme (boca abajo) (modelo de revista) (hombre teñido de rojo abstracto) ella piensa (lo ve y piensa) que alguien, uno de los dos, ha cometido un asesinato. Todo los delata: el color los delata. Las posiciones de los cuerpos los delatan. El silencio los delata. Entonces se lo pregunta, no lo puede evitar: ¿Por qué no tiene miedo? ¿Por qué él no tiene miedo? En el tiempo que antecede al placer y en el tiempo posterior a él, el hombre no ha sentido miedo alguno. Está en una casa ajena, en un lecho ajeno, en un cuerpo ajeno y, ni por un segundo, ni por el más mínimo espacio de ese segundo, se ha dejado interrumpir por el miedo. O la duda. O la sospecha. En su mundo, en el mundo de decir: Valerio, eso no existe. Y tal vez sea eso (o tal vez la costumbre) lo que la obliga a lanzar su mano hacia la otra piel (el órgano más grande del cuerpo) y a detenerse, justo como ante una pantalla, para repetir: esta es la escena de un crimen. Esta es.

43

EL FETO DE UNA MUJER DENTRO DEL VIENTRE DE UNA CAMA

La pesadilla la despierta. Un gemido. El movimiento súbito de un brazo. Las imágenes que huyen, despavoridas, ante la presencia de la luz. Un eco. Antes de levantarse, antes de colocar los pies desnudos sobre la duela y de mirar la luz del sol, la Detective se ovilla sobre su costado derecho y jala las mantas para cubrirse el rostro, el cuerpo. Un feto, eso es. El feto de una mujer dentro del vientre de una cama. Eso es lo que es. Una pregunta: ¿quién exonera? Dos preguntas: ¿quién exonera al exonerador?, ¿quién alivia? Tres preguntas: ¿quién muere una y otra vez y, luego, otra más?, ¿es eso lo que exime?, ¿quién merece la pena? Cuatro preguntas: ¿quién se atreve a decir «yo no soy el asesino»?, ¿tú me alivias?, ¿qué exonera al exonerador?, ¿quién huye de la escena del propio crimen? Cinco preguntas: ¿quiero encontrarte, asesino?, ¿querré ver mi rostro sobre tu cara?, ¿quién perdona?, ¿quién descansa?, ¿quién se atreve a decir «no soy tú»? Seis preguntas: ¿quién entierra?, ¿a qué sabe la saliva del exonerador cuando los deudos lloran?, ¿quién mata?, ¿quién dicta la pena y quién la cumple?, ¿quién desea ver la cara del que mata en el televisor?, ¿quién borra? Siete preguntas: pero

¿quién mata de verdad?, ¿y quién muere una y otra vez y luego otra y otra más?, ¿qué ve el exonerador cuando ve el orificio de entrada y el casquillo de la bala y el orificio de salida?, ¿quién exime?, ¿quién carga con el peso del muerto sobre los hombros sobre los ojos las manos las uñas los labios?, ¿quién cierra los ojos?, ¿quién los abre?

El silencio de la mañana.

44

EL REPORTE DE VALERIO

Así debería estar escrito el reporte de Valerio:

«1) Tienes las puntas del cabello maltratadas. Y, aunque la puerta de tu casa parece estar abierta, hay una especie de película transparente y pegajosa, una especie de telaraña o de papel celofán que se adhiere a los muebles y los objetos y los pisos y las paredes, volviéndolo todo intocable. Nadie puede tocar nada en tu casa, Detective. Nadie puede posar las yemas de los dedos, con todo y sus huellas dactilares, su historia, sus horrores, su identidad, sobre la superficie real. Nadie te puede tocar.

2) El acento; tu acento. No lo había notado. No hasta que hablaste medio dormida, o no completamente despierta, en todo caso, hacia el filo de la madrugada. Un acento extraño. Irreconocible, sí, pero presente. Decir: Valerio. Y decirlo de esa manera y no de otra, de la manera que indica: vengo de lejos y no estoy aquí. Nunca estaré aquí del todo. Porque eso es, a final de cuentas, la carga del acento, ¿no es cierto? La carga del acento que solo emerge, cuando emerge, en la orilla del sueño. En la orilla de la vigilia.

3) Y el grito, el tuyo, el más leve. El grito disfrazado de gemido con el que regresas de la pesadilla. Porque era una pesadilla, ¿verdad? Se trataba, estoy seguro, de una pesadilla. Y las palabras, si te interesa saberlo, si es que no lo sabes ya, fueron: Disparo. Bala. Hombre. Muerto. Noche. Supongo que soñabas con el caso que consume tus horas y minutos y segundos. Supongo que tratabas de escapar, de salir, de dejar todo de lado. Ese grito lo recordaré siempre, lo sé. Y la mirada tuya, esa del criminal o del alucinado cuando se enfrenta al círculo de luz que lo designa como el culpable. Como el único culpable. Tus ojos perdidos, Detective; y tu grito, el más leve.

4) Los pies: asombrosamente suaves. Nadie pensaría, al verlos, que te gusta caminar. Que caminas tanto.

5) El desorden de soltero en tu cuarto: identificación súbita. Reconocimiento total. Tú soy yo: Yo soy tú. Biunívoca.

5 bis) ¿Puede un hombre ser en realidad una mujer o viceversa?

6) Y estuve ahí y, al despertar, era como si nunca hubiera estado. Porque nadie puede verdaderamente estar (que es otra manera de decir tocar) (que es otra manera de decir marcar inscribir tallar) en un sitio (que es otra manera de decir tu cuerpo) tan protegido (o tan desolado) por capas y más capas de esa sustancia invisible pero real (que es otra manera de decir pegamento).

7) Hablas sola. Hablas de noche. Hablas con la ventana. Hablas demasiado.

8) ¿Y qué haré, ahora, al verte en ese lugar al que nunca llega la luz natural del sol? ¿Bajaré la vista como el colegial que ha sido pescado en falta o te miraré, como siempre te he visto, con el a-lo-lejos que, aún estando cerca de ti, impones a todo lo que te rodea? ¿Tendré la misma voz y con esa misma voz te diré «buenos días» y luego «buenas tardes» y, aún después, «que descanses»? ¿Caminaré a tu lado y te entregaré papeles y te pasaré la bocina del teléfono como cuando caminaba a tu lado y te entregaba papeles y te pasaba la bocina del teléfono? ¿Y de qué manera veré esa mano tuya que me ha tocado? ¿Y tu lengua que me ha saboreado? ¿Y tus mejillas que reposaron sobre mi hombro derecho? ¿Allá, afuera, en el mundo, al final o principio de cuentas, recordaré algo?».

Y ni qué decir que el reporte de Valerio (que es solo otra manera de decir: Valerio) no iría jamás escrito así. Simplemente no habría manera.

45

LAS AMISTADES MASCULINAS

Le pregunta por él, por su amigo de veintisiete años, moreno, de ojos cafés. Lo hace con cuidado, con la mirada fija en el suelo, intentando evadir los ojos esos en los que ahora se abre una grieta, un punto vacío. Una amputación. Le dice: su información será crucial. Le dice también que sus esperanzas, si todavía las tiene, si existieran, están centradas en él. El amigo de la cuarta víctima se parece mucho a la cuarta víctima (esto no lo puede dejar de pensar la Detective): maestro (como él), 1.69 de altura (como él), otro hombre normal (como él).

Están fuera del círculo de los cuerpos: están dentro del lenguaje: esa forma de socialidad. Toman café. Colocan las manos nerviosas sobre la mesa: pequeñas palomas súbitas. Objetos de alabastro. El ruido de estudiantes estridentes alrededor de todo eso.

Dice: Yo le dije que tuviera cuidado.

Dice: *El invierno siempre le daba miedo. Miedo de que se fuera.*

Dice: No quería ver ese *show*, especialmente después de sus encuentros el año pasado. Sé que se forzó a asistir. En eso había pensado todo el día mientras cruzaba la ciudad (estoy casi seguro), de la misma manera en que pensaba en el trabajo de Abramovic desde que lo conoció. Casi se regresa. Casi decide no entrar. Pero, ya adentro, se entretuvo con unos textos que estaban en el rellano de la galería. Pensó en la promesa de todo aquel que visita una galería: no interferir con el peligro, evitarlo de hecho, contenerlo. Y se preguntó (estoy casi seguro) si podía recibirlo. Enfrentarlo. Necesitaba un lugar para estar ahí sin que se notara mucho, no muy cerca, no muy al centro, no muy lejos. Le puso atención al filo de los cuchillos y a la sorprendente belleza de la escenografía. Como muchos modernistas tempranos, Abramovic lo confrontó directamente (estoy casi seguro) en lugar de dejarlo mirar y juzgar como hace tanto arte del pasado. Como los minimalistas, ella transformó la escenografía en un lugar, convirtiéndolo en su lugar también. Y, como mucho del arte autorreflexivo, lo obligó a confrontarse y a sentirse medio avergonzado (estoy casi seguro) por hacer eso. Para los estándares de la galería, la gente se quedó por mucho tiempo, sin atreverse ni siquiera a sonreír, a hablar, o a moverse. Algunos regresaron una y otra vez. Algunos nunca tuvieron las agallas de regresar. Algunos no pudieron resistir el telescopio, mientras que otros se alelaron. Es fácil entender la extraña mezcla de motivos para estar ahí: la culpa de tratar a la hambruna como un espectáculo más, la mórbida fascinación, el genuino aprecio del trabajo. Solo después, y de manera muy lenta, pudo ella atrapar la atención del público y, una vez hecho esto, la absorbió por completo (estoy casi seguro). Permaneció mucho tiempo en el centro, casi sin expresión. Erecta a pesar de todo o arrodillada de manera precaria arriba de la escalera, ella se aproximó a la audiencia y al peligro hacia ella misma y, luego, el uno hacia el otro. A través del telescopio, con su asombrosa precisión, su lúgubre gesto casi se diluye en los ojos y en una piel demasiado suave si se toma en cuenta todo lo que ha aguantado. De todo esto estoy casi seguro. Aunque, en fin, se sabe que una dieta baja en calorías lo mantiene a uno joven.

Dice: Estoy casi seguro de que ese *show* fue importante.

Y fija sus ojos en los ojos de la Detective como si le acabara de mostrar, totalmente descifrado ya, la solución a un gran misterio. Su misterio.

Días después (después de caminar una y otra vez por los callejones de los Hombres Castrados) (después de regresar al trabajo y salir del trabajo) (después de recordar una y otra vez, una y otra vez, una y otra vez, las escenas de sus crímenes) (después de decir: Valerio) (después de comer y de olvidarse de comer y de comer olvidándose de todo) (después de encontrar el libro entre las sábanas revueltas de su cama) (después de ir al cine y ver una película que no recuerda) (después de escuchar la música que, según el reporte de Valerio, escucha la otra sospechosa) (después de bañarse y de no bañarse) (después de tomar el café de la mañana y la cerveza de la noche) (después de todo eso que se llama la vida cotidiana y que ocurre, por lo regular, entre paréntesis), la Detective recordará esa mirada.

Volverá a ella, a la mirada, como si se tratara de un lugar. Volverá a ella, a la mirada que es en realidad un lugar, pero a escondidas de sí misma. Solo se dará cuenta de que está ahí (el oasis) (el enigma) (el eureka) (el desierto flotante) cuando esté ahí. La mirada del amigo de la víctima número Cuatro. ¿Tuvo alguien, alguna vez, una mirada así? ¿Existe eso?

Dice: Parecía turbado después de ese *show* (la mirada inquisidora). Como si hubiera ido uno y regresado otro (los ojos avergonzados a causa del cliché). Me costó trabajo reconocerlo (los hombros que se alzan). Ya casi no pude hablar con él (los labios que se estiran a la fuerza).

Dice: Pero yo siempre le dije que tuviera cuidado.

Dice: ¿De qué?

Dice: Pues de él mismo, ¿de quién más?

Días después, justo al dar la vuelta a una esquina, la Detective se preguntará, insistentemente, acerca de la violencia donde se fraguan las amistades masculinas.

46

NINGÚN TALENTO EN ABSOLUTO

Alguien toca la puerta. Alguien dice, desde detrás de la puerta, que tiene que hablar conmigo. Es de noche. Antes de decir nada me asomo a la ventana y compruebo que Valerio sigue ahí: la diminuta luz de un cigarro encendido dentro de un automóvil. Luciérnaga pertinaz. El viento que arrastra minucias nocturnas. Las hojas trémulas. Lo dudo mientras voy por la llave a la cocina y, mientras le doy la vuelta a la llave dentro de la cerradura, lo dudo todavía. Es su voz, la voz de la Detective. Un orificio de entrada. Su voz sin salida.

—He estado leyendo a Alejandra Pizarnik —dice a manera de saludo apenas si abro la puerta—. Quiero hablar sobre ella —insiste, con el libro en mano, ondeándolo—. Quiero entender.

Mientras me vuelvo a ver de reojo el reloj de la cocina, me pregunto cuántos minutos me tomará arrepentirme de lo que hago ahora: saludarla, invitarla a pasar, ofrecerle té, agua, whisky. Cuando ella, rauda, opta por el tercero, me he arrepentido ya. Y es entonces que cae sobre el sofá. Sus botas inclinadas sobre la duela. El peso.

—¿Un día largo? —pregunto. Los modales.

—El más largo —contesta mientras acepta el vaso sin dejar de ver el libro que ha colocado sobre la mesa—. Lo que no entiendo, profesora —inicia sin transición después del primer trago, aclarándose la garganta— es por qué o cómo una simple ninfómana bipolar ha podido engatusar a tantos amantes de la poesía.

Clara, la mirada. Directa. La boca angular. Una fiesta. Me ha sorprendido, es cierto. El aroma a sudor. El tufo de la cocaína. No me lo esperaba y por eso hago otra cosa que no esperaba: servirme un whisky. Dos hielos. La observo. No quiero contestarle. Quiero permanecer ecuánime y neutra. Quiero, definitivamente, tener otra voz.

—El caso se te complica, ¿no es cierto? —Cuando alzo el vaso y se lo ofrezco para hacer un brindis, me doy cuenta de que he caído tan hondo como ella, que estoy cayendo—. Debe ser difícil —continúo—. Debe ser muy difícil leer los diarios estos días. Los encabezados. Difícil para ti.

—Gente como tú —contesta—. Gente como tú se la pasa años leyendo a poetas como esta. ¿Identificación? ¿Anhelo? ¿Envidia? ¿Ganas de matarse? ¿Falta de talento? ¿Ganas de matar?

Mientras la lista de sus interrogantes aumenta, me pregunto, mirando el reloj de la cocina de reojo, por qué sus ganas de saber se sienten como pinchazos sobre los hombros. Espadas a través de la piel. Bofetadas a medio dar. Me pregunto a qué hora se arrepentirá. Es la mirada que conozco: vertical, en proceso de ascensión. Por un momento estoy bajo la impresión de que la Detective se cree inmortal. La imagen: hay una mujer hundida sobre el sillón de mi sala. La masa informe. El peso ancestral.

—Debe ser horrible perseguir un demonio —le digo, conciliatoria—. Debe ser peor dar con él —susurro después, apuntando con el vaso casi vacío hacia el libro. Una sonrisa oblicua en la cara. Una página.

—Cuando era niña —rememora—, vi a la enana equilibrista con la bolsa de los huesos —ella también señala el libro—. Yo sí la vi —insiste, mirándome desde lugares que desconozco. Esa clase de distancia o de rencor. Hay una ciudad detrás de sus pupilas, un barrio del cual todavía está tratando de escapar. Hay una ventana detrás de la cual se desarrolla, pacífica y tibia, la vida que no tiene. La vida que mira y, mirándola, se le escapa. La Detective avanza por el Callejón del Castrado con los puños apretados y ese ruido de muelas que, en tensión vertical, intentan embonar. La imperfección de la dentadura. La marca de las uñas en las palmas de las manos.

—Esto no sería tan malo si no fuese que no es —enuncia y, luego, mirándome todavía desde su escondite personal, calla.

—Si no fuese —le digo, inmiscuyéndome en un juego que, a esas alturas, se me antoja macabro.

—Es que no es —repite— o sería o fuese.

Algo sucede en el mundo. Algo debe estar pasando, algo como una ráfaga, algo sin solución, para que la Detective continúe frente a mí, inmóvil: una autómata de labios secos, una recitadora de ojos muy abiertos, una enana sobre la cuerda floja.

—Leer —susurro después, mucho rato después— no debe ser tan complicado. Cuestión de dar la vuelta a la página.

El sabor del whisky me obliga a cerrar los ojos y, detrás de los párpados, te veo. Debes saber silbar: tienes esa clase de boca. ¿Dónde está mi sangre?, preguntas. Todo esto es un cementerio, te digo. Este es el reino del aquí.

—Supongo que tú crees que el asesino o la asesina es más inteligente que yo —afirma sin dejar de verme, autómata—. Supongo que tú crees que tiene más talento que yo.

El sabor del whisky me obliga a cerrar los ojos y, detrás de los párpados, ya no hay nadie.

—Juzgando por los diarios, querida mía —le respondo— lo tuyo es más bien una cuestión de no tener nada de talento. Ningún talento en absoluto.

Ella sonríe. Ella extiende los labios. Ella inclina la cabeza. Ella vuelve a erguirla, la cabeza. Ella me mira con los más abiertos ojos más abiertos. Ella coloca los codos sobre las rodillas separadas. Ella ha traspasado el vidrio. Ella se incorpora. Ella es una espalda que se va.

Cuando ha cerrado la puerta tras de sí (el golpe, un silencio inusual), sé que ahora solo me resta esperar. Pronto o tarde sabré de lo que la Detective es capaz.

47

ES COMO SI ME HUBIERA TRAGADO UN MUERTO

Se detiene. Sucede de repente, sin premeditación alguna. Se lleva a cabo: en lugar de seguir avanzando por el pasillo estrecho adonde nunca llega la luz natural del sol, la Detective se inmoviliza. Mejor: la Detective se suspende. Un par de hojas mecanografiadas en las manos. Pantalón azul. Blusa blanca. Un botón partido en dos. Labios semiabiertos. Anteojos. Respiración. En ese instante lo escucha todo, lo ve todo, lo huele todo, lo toca todo. Todo lo siente. Bajo sus pies, los mosaicos verdes que alguien colocó ahí hace años, hace décadas incluso, sin pensar en el momento, este momento que ocurre tanto tiempo después, en que sus pies transmitirán la información precisa: mosaicos verdes bajo mis pies. El aire: ralo, delgadísimo, apenas respirable. La luz: tan poca, tan parca, tan artificial. La luz verdaderamente amarilla. La luz que todo mundo denomina como eléctrica. El sonido, ahora, de la electricidad. Ese suave ronroneo. Ese gemido. La prisa de la gente que atraviesa el pasillo sin reparar en el hecho de que son gente que atraviesa el pasillo a toda prisa. El rostro, ahora indiferente, de un hombre que se detiene frente a ella y pronuncia palabras. Órdenes. Instrucciones. Hay que hacer esto.

Hay que hacer aquello. (—Hay que acabar con eso de una vez —alcanza a oír esa frase, sus ecos—. Te necesito para otros asuntos. ¿Estamos?). El cuerpo de ese otro hombre joven del que emana un aroma que le resulta difícil de clasificar y que, sin embargo, conoce. Y, luego, reconoce todo esto con suma facilidad, de manera casi inmediata. El aroma del sudor y del café matutino y del dulce que se desgaja a veces del pan y del periódico tantas veces manoseado y del vidrio con el que está hecho el vaso del que se ha tomado agua. El aroma, también, del agua bebida. Agua fresca y consumida. El aroma de la prisa matutina y del roce de los cuerpos en los transportes colectivos y del deseo cuando está frustrado, cuando no hace sino producir su propio protocolo. Su propio. El aroma. Ah. El aroma del cuerpo visitado. El sonido cansino (música sincopada) (algo sin ritmo) de personas juntas: sus pasos, sus voces, sus emociones. Las caras, las múltiples caras, en el reflejo del ventanal. Sus caras monstruosas, sus caras humanas, sus caras súbitamente desconocidas. (¿Estamos?). El viaje interno de la sangre (ese sonido), el tamborileo incesante del pulso (ese sonido), el rasgar sutil de la respiración (ese sonido). Y la sensación esa, la sensación sin nombre que la obliga a llevarse la mano hacia el estómago y dejarla ahí, trémula, mientras espera que el momento suspendido pase o cambie o termine por completo mientras la sobrecogen la náusea, la duda, la confirmación: es como si me hubiera tragado un muerto.

Alejandra: tienes cuarenta días de angustia inconfesable. Cuarenta días de soledad abogada. Alejandra: has de luchar terriblemente.

El recuerdo de las palabras. Sorprendente en su precisión. Certero.

48

LO QUE NO DEBERÍA

—Cuando la vida se vuelve una pura pesadilla —murmura entre trago y trago de cerveza— hasta puedo creer que tú eres la principal sospechosa de este caso.

Lo dice y, de inmediato, suelta una carcajada queda y asombrosamente muda. Lo dice y, de inmediato, incrédula, se desdice. Me mira. Piensa que me mira. Imagina que me mira. La carcajada es una mueca. La carcajada y el eco de carcajada se pierden, persiguiéndose la una a la otra, entre el ruido del lugar. Música electrónica. Entre la gesticulación del lugar. Un circo. Un instantáneo manicomio. Lo dice y el ser que ella imagina que soy yo no puede más que escucharla como se escucha un eco que persigue el sonido de una voz dentro de un lugar lleno de gente. La propia incredulidad de la mujer imaginada por la Detective la vuelve sorda. *Yo y la que fui estamos aquí,* en *el umbral de su mirada.* Y se trata de una mirada casi ebria, desdibujada, en fuga. La mirada de una mujer que no ha dormido. La mirada de una mujer que piensa.

—Esto no tiene pies ni cabeza —dice. Lo dice con pesadumbre y, luego, ya con la derrota encima, alza los hombros. No debería decir eso. Hacer eso. No debería estar aquí, hablando a solas, bebiendo cerveza (la amargura de la cerveza, la frialdad de la cerveza), moviendo la cadera sutil, ah, tan sutilmente. No debería desvariar. Partirse en dos. Abrirse. No debería imaginar cosas. No debería, sobre todo, imaginar sospechosas. No debería inclinarse, con suma delicadeza, sobre la repisa de vidrio donde se extiende, rectísima, la línea de coca. No debería aspirarla con esa mitad de placer y esa mitad de culpa que la incita a regresar a la pista de baile y perderse entre la muchedumbre. No debería. La cadera sutil. El movimiento oscilante. La mirada encendida. No debería levantar los brazos ni cerrar los ojos ni dar de vueltas sobre su propio eje. Una muchacha de quince años. Una adolescente perdida. Una paria. Parches de tela sobre las rodillas del pantalón azul. No debería dejar entrar ese sonido electrónico repetitivo y mordaz que se desliza después, tan lenta, tan lentamente, por las largas venas del cuerpo y le cosquillea, luego, mucho más tarde, en la planta de los pies. El ritmo. El latir del corazón. El sudor. No debería moverse, continuar moviéndose. No debería ver al hombre joven como si fuera el Hombre Joven de aproximadamente treinta años que fue encontrado sin vida en un callejón de la ciudad. Lamentables los hechos. Brutal el homicidio. Caníbal el ladrón. No debería imaginar encabezados rutilantes ni redactar largas noticias llenas de detalles gráficos para la nota roja que se publica, con rigurosa regularidad, dentro de su propia cabeza. No debería ser su mejor lectora. La única. No debería acercarse. No debería alejarse.

—Esto sí tiene pies, esto sí tiene cabeza, lo que no tiene es sexo ¿no te parece? —Y no debería dirigir esa pregunta a la persona que no soy yo, pero que baila con ella en esa pista que, bajo las luces intermitentes, parece estar llena de pedazos de cuerpos. Fragmentos de cuerpos. Piezas de cuerpos.

Hay en la pista una mujer que baila; una mujer a la que le gusta bailar.

No debería abrir los ojos de nueva cuenta, sorprendida. Ni ver lo que ve. Ver lo que acaba de decir. Ver sus propias palabras en una pantalla gigantesca bordeada por luces de neón en color azul fosforescente. ESTO NO TIENE PIES NI CABEZA. No debería ver las grandes letras ni debería de echarse a reír de nueva cuenta. No. No debería recargarse sobre ese hombro, un hombro, señalando con la punta del dedo índice las palabras que ella imagina a solas.

—Esto, en realidad, sí tiene pies, sí tiene cabeza, pero lo que no tiene es sexo ¿no crees? —Definitivamente no debería decir eso. Esto. No debería repetirlo. Ni debería guardar un súbito y solemne silencio por el que se cuela, de improviso, el ruido ensordecedor de las voces y los sintetizadores y los cuerpos antes de volver a estallar en esa risa suya, tan muda, tan mueca, que es una burla contra sí misma, un arma contra sí misma, una herida contra sí misma. Nada de eso debería suceder. Nada de esto debería estar sucediendo. Ni yo, que me muevo a la par de su movimiento gracias a su imaginación, sombra de su sombra, mano de su mano, debería estallar, como si hubiera esperado la oportunidad toda la vida, a su lado. No debería retorcerme de risa, ni inclinar muy levemente el torso hacia adelante, ni pasar mi brazo sobre su hombro izquierdo. Forajidas. Desvergonzadas. Enardecidas. Ni ella debería volver a soltar esa carcajada muda y torva y derrotada porque todo eso, todo esto, este movimiento, ah tan sutil, entre la muchedumbre ebria, esta sensación de estar produciendo su propia teoría del infierno, su propia experiencia del infierno, todo eso, esto, lo que es, no debería ser. Todo esto.

49

GÁRGOLA EN EL CENTRO DE LA PLAZA

¿Y si no supiera en qué mes se encuentra?, ¿en qué día?, ¿en qué hora? Hay una mujer inmóvil bajo la lluvia. Una mujer que mira hacia lo lejos sin mover un solo músculo de su cuerpo. Hay una mujer sentada sobre la banca de un parque. Bajo la lluvia. Bajo la persistencia de la lluvia. ¿Y si no supiera que ella es la Detective?

Una gárgola en el centro de una plaza. Cosa de piedra. Materia de fractura.

No quiero saber nada de mí (de ti) (de ella). No quiero pensar. No quiero buscar. Quiero darme por vencida. Darme. Quiero eso. Y no saber nunca más nada de mí (de ella). Nada de ti (de mí) (de él). No quiero saber de ellos.

¿Y si dijera algo así?

Yo no soy de aquí. Nunca. No soy de aquí. Me iré y no volveré jamás. No.

No quiero seguir adelante. No seguir. No quiero chocar otra vez contra la pared (el vidrio) (los dientes). No quiero esta pregunta. Esta otra. No quiero saber. No quiero pensar. No quiero poner la cara (las nalgas) (los muslos). No quiero la lumbre del *flash*. No quiero el rostro, ese rostro, en la página. No quiero ver. No quiero disparar.

¿Y si estuviera diciendo algo así?

El agua de la lluvia vuelve transparente su blusa, temblorosos sus labios, incalculable el paisaje. Todavía no tiene frío. Todavía no siente nada. Esto no debería de pasar.

Aparentemente es el final. Quiero morir. Lo quiero con seriedad, con vocación íntegra.

Alguien pasa del otro lado del ventanal y ve hacia adentro: la mesa puesta, el fuego de la chimenea, el fulgor del hogar. La vida que se escapa. La vida sin culpa. Alguien se detiene, sorprendido. Alguien se asoma hacia adentro de los ojos de Alejandra Pizarnik. Un ventanal. Un abismo. El mensaje está del otro lado del vidrio. Esto no es una risa. Alguien nos observa. ¿Podría alguien pensar que ahí, alrededor de esa mesa? El mensaje es intocable. Alguien duda cuando nos ve callar, súbitamente. La poesía. El mensaje está más allá.

Y esto, por supuesto, tampoco debería pasar.

50

ASEGURA, VEHEMENTE

Le dice que ya es demasiado tarde; que, lamentablemente, ha llegado tarde.

—Yo no fui la que faltó a la cita —le contesta la Periodista sin poder ocultar su resentimiento. La Detective piensa que, bajo el fulgor de la luz artificial, la mujer que tiene frente a sí le parece inverosímil, más una caricatura que un ser humano. Más un bosquejo que una mujer. Acaso por eso la ve y la deja de ver, intermitente. Hojas tamaño carta entre sus manos. Reloj de pulsera. La gente que camina del otro lado de la pared blanca. La mirada puesta sobre todo eso.

—No es eso —le empieza a explicar, pero luego se arrepiente—. ¿Y de qué me querías hablar en aquella ocasión?

—De Pizarnik —le contesta, rauda—. De Alejandra Pizarnik.

—Ah, eso. —La mirada nuevamente sobre las hojas tamaño carta, sobre el reloj, la pared real.

—Es la clave, lo sabes bien —asegura, vehemente—, o debes saberlo. Deberías. Sin leerla, sin leerla bien, nunca podrás dar con el culpable.

Las hojas tamaño carta. El reloj de pulsera. La pared blanca. El tiempo.

—¿Y a quién le interesa eso, mujer? —lo pregunta y, de inmediato, se pregunta si es esa, en verdad, su voz. Si es ella la que, en realidad, está diciendo lo que se oye decir. Pocas veces el eco.

—¿A quién le interesa qué?

—El culpable —asegura, vehemente—. Me oíste bien.

—Pues a ti —exclama, incrédula—. A mí. —Los ojos vueltos túnel, furia, pasadizo secreto—. A los muertos. A los que sobreviven a los muertos.

La Detective recuerda la plaza, el viento de la plaza, el papalote. Aquella tarde. Había una mujer esperando sobre una banca. Hubo.

—A los muertos —le dice— no les interesa el culpable. Les interesa descansar —le dice—. A los que sobreviven a esos muertos —le dice— no les interesa el culpable. Les interesa vivir —le dice.

En la plaza, bajo el vuelo del papalote, una niña que nunca fue sostiene un cordel que la conecta. El viento. Un velo. La polvareda.

—Pero a ti —insiste la Periodista—. A mí.

—A ti y a mí ¿qué?

—A ti y a mí sí nos interesa. No vamos a poder vivir sin esto, sin el culpable. No vamos a poder morir.

La Detective la observa a ella, al papalote, al objeto punzo-cortante, al corte, la fuga. Alguien corre. Alguien no ha dejado de correr. La Detective mira la entrepierna ensangrentada y el charco rojo y la mirada de la madre. Una polvareda. Grandes hazañas. Alguien que se sale con la suya. La burla. La Detective, entonces, sin pensarlo apenas, toma el cordel. La suave presión del viento. La sensación de estar conectada.

IV

EL ANHELO DE LA PROSA

Dra. Cristina Rivera Garza
ITESM-Campus Toluca

Escribir, desde esta perspectiva, equivale a inscribir algún signo sobre la superficie de un cuerpo desmembrado o bien, simplemente, a dejar que la lengua misma se descuartice, se vuelva voz de un sujeto disociado.

MARÍA NEGRONI

Ahora
la muchacha halla la máscara del infinito
y rompe el muro de la poesía.

ALEJANDRA PIZARNIK

51

LA PROSA DE MI IDIOMA ESPANTOSO (INTROITO)

«Lo que yo deseo es escribir prosa. Respeto por la prosa, excesivo respeto por la prosa», escribió Alejandra Pizarnik en la entrada de su diario el domingo 21 de junio de 1964.[1] En la pluma de una poeta que, apenas dos años atrás, había publicado *El árbol de Diana*, un libro prologado en su tiempo por Octavio Paz y al que César Aira considera «una construcción no euclidiana que trasciende el sentimentalismo sin anular el impulso autobiográfico [...] [un libro en el que] la intensidad ha culminado, los temas están decididos, el mecanismo funciona con una fluidez mozartiana», esta declaración no deja de ser enigmática.[2]

El interés por el tema, además, no fue efímero. Un par de años más tarde, en 1966, declaraba: «Deseo hondo, inenarrable (¡) de escribir en prosa un pequeño libro. Hablo de una prosa sumamente bella, de un libro muy bien escrito».[3] Luego, durante el

1 Alejandra Pizarnik, *Diarios*, Lumen, Barcelona, 2003, pág. 368.

2 César Aira, *Alejandra Pizarnik*, Omega, Barcelona, 2001, pág. 55

3 Alejandra Pizarnik, *op. cit.*, pág. 412.

mismo año, Pizarnik insistía: «Deseo estudiar muy seriamente el poema en prosa. No comprendo por qué elegí esa forma. Se impuso. Además, está en mí desde mi libro primero. Nunca leí nada al respecto [...]. Extraño es cómo y cuánto me obsesiona el aprendizaje de los poemas en prosa o tal vez, simplemente, de la prosa. Ahora, cada día, me corroe la seguridad de una forma imposible de prosa».[4] En 1967, continuaba: «Cada vez más siento que lo mío es la prosa. Poema en prosa o lo que fuere en prosa. No puedo versificar en un lenguaje extraño y execrado. Quiero mimarlo en prosa. Prosa perfecta —imposible deseo— cuyo fin sería [ilegible] la prosa de mi idioma espantoso».[5]

De entrada en entrada resulta claro que, hacia los últimos años de su vida, la cual terminó por su propia mano con una sobredosis de Seconal en 1972, la poeta argentina Alejandra Pizarnik se acostumbró a volver una y otra vez, y en cada ocasión con mayor fervor, a uno de los temas a los que dedicó mucha de su energía analítica y creadora: la escritura de la prosa. Si *El árbol de Diana* fue, en efecto, el libro del que «no se puede ir más lejos», Pizarnik decidió ir más lejos de *otra manera*. En lugar de hacer más y mejor de lo mismo, la poeta se lanzó con todas sus palabras «para subir de un salto a mi prosa como un tren rápido».[6] El símil, aquí, no es gratuito. Pizarnik habla de un salto y no de una transición, por ejemplo. Además, asocia la prosa con un tren rápido: un vehículo en movimiento que, a toda velocidad, puede ser también fuente de peligro. La relación de Alejandra Pizarnik con la prosa, con su anhelo de y por la prosa, quiero decir, no fue simple.

4 *Ibíd.*, pág. 418.

5 *Ibíd.*, pág. 434.

6 *Ibíd.*, pág. 447.

Basada en una lectura puntual de sus diarios y de su narrativa completa, me propongo dilucidar aquí algunos de los hilos que se enredan en el anhelo pizarnikiano de la prosa. Leeré estos textos tratando de escapar expresamente del retrato romántico y estereotípico de la poeta suicida obsesionada por el dolor y la muerte, para explorar a la Pizarnik que, con lecturas abundantes y meticulosas, se dedicó a pensar, y pensar bien y rigurosamente, sobre las limitaciones de la poesía y lo que para ella se convirtió, a medida que su salud mental se resquebrajaba, en el refugio de la prosa. Esa casa. Leeré los diarios de Alejandra Pizarnik porque, como declara Ana Becciu en el prólogo con que estos se editaron en 2003, «la escritura del diario está estrechamente relacionada con la búsqueda de una *prosa*, la ambición de dotarse de un lenguaje concreto que le permita un día escribir una novela».[7]

Me interesa su anhelo por la prosa, claro está, pero también me interesan las múltiples maneras en que ese anhelo, aunque cumplido a cabalidad según críticos de entonces y ahora, se vio frustrado ante los ojos de la propia poeta. Porque así como abundan en su diario las declaraciones de su interés por la prosa, también lo hacen los testimonios de su imposibilidad y, al decir de Pizarnik, de su fracaso. Aunque las razones aducidas son, como es de esperarse, muchas, casi todas ellas van a dar y parten de ese «idioma espantoso» del que se compone, en sus propias palabras, el decir y el hacer de la poeta argentina. Lo que sigue es un esfuerzo por identificar y llevar a sus últimas consecuencias el espanto de ese idioma que aqueja y produce la realidad de Alejandra Pizarnik, la prosista.

7 *Ibíd.*, pág. 11.

52

¿DE QUÉ HABLA CUANDO HABLA DE LA PROSA? (CAPÍTULO PRIMERO)

Bastaría con hojear algunas páginas de *La bucanera de Pernambuco o Hilda la polígrafa*, un texto en el que Pizarnik trabajó apenas un par de años antes de morir y que solo fue publicado póstumamente en 1982, para darse cuenta de que las ideas de la poeta acerca de la prosa eran todo menos convencionales.[1] El texto, que da inicio con dos índices, uno «ingenuo (o no)», dedicado a las hijas de Loth, y otro «piola», dedicado a la hija de Fanny Hill, no solo advierte a sus posibles «lectotos» o «lectetas», como denomina Pizarnik a sus «horrendos lectores», que «mi desasimiento de tu aprobamierda te hará leerme a todo vapor» sino que también añade, en el «Proemio de la fraguadora», que su búsqueda tiene como objeto un hipopótamo.[2] Clara referencia a la imaginería y el sinsentido surrealistas a los que fue tan afecta, la figura del hipopótamo,

1 Alejandra Pizarnik, *Textos de sombra y últimos poemas*, Sudamericana, Buenos Aires, 1982. Véase también, *Alejandra Pizarnik. Prosa completa*, Lumen, Barcelona, 2002.

2 Alejandra Pizarnik, *La bucanera de Pernambuco o Hilda la polígrafa*, *ibíd.*, págs. 92-97.

tan masiva como inesperada, tan incómoda como inevitable, también anuncia el sentido del humor convulso e hilarante que caracteriza gran parte de la creación prosística de Pizarnik. Alejada de la linealidad que suele asociarse con la narrativa y fuera también del campo de influencia de la anécdota, la prosa pizarnikiana corta con frecuencia los hilos del significado del lenguaje a través de líneas o párrafos que toman la forma de fragmentos. La estructura que congrega a estas partículas textuales responde más a las yuxtaposiciones espaciales de un *collage* que a las sucesiones temporales o lógicas de un relato. Resulta claro así que el hipopótamo de Pizarnik no solo es cuestión de tópico humorístico y trasgresor, sino también, y acaso sobre todo, cuestión de forma. Materia de exploración formal. Un método. Que este tipo de exploraciones, tanto a nivel de contenido como de forma, se hayan acentuado hacia el final de su vida no hace sino agregar misterio vital y relevancia estética a su vehemente deseo de escribir prosa. La forma, cuando es, es pura emoción.

Porque su deseo, de esto no hay que tener la menor duda, era vehemente. Acaso se debiera a que, además de ser una asidua aunque iconoclasta lectora de poesía y de filosofía, Pizarnik siempre había leído prosa. Siempre la admiró. Ya en abril de 1963 se preguntaba, por ejemplo: «¿La poesía puede? Pensar en Kafka, en Dostoievski. ¿Qué poeta estremece de igual manera?».[3] La poeta emitió comentarios igualmente favorables acerca de los grandes clásicos, Marcel Proust o Virginia Wolf, y otros menos fervorosos acerca de Flaubert o traducciones contemporáneas de Françoise Sagan. Por si hiciera falta, no solo fue el diario de Franz Kafka uno de sus libros de cabecera, sino que sus referencias a la obra

3 Alejandra Pizarnik, *op. cit.*, pág. 333.

del narrador de Praga no hicieron sino aumentar a medida que su propio diario y su propia vida se acercaban a su fin. Sin embargo, e independientemente de sus proclividades personales por ciertos prosistas, Alejandra Pizarnik expresó una y otra vez ideas bastante precisas acerca de lo que estaba detrás de aquel hipopótamo que introdujo las primeras páginas de la polígrafa. Se trata de deseos en el sentido más amplio del término, pero también de problemas específicos y reflexiones señeras acerca de cómo enfrentarlos, si no resolverlos. Se trata de la escritora que reflexiona, línea tras línea, palabra tras palabra, sobre su oficio. Se trata de la mente, lúcida e inmisericorde, que ya en 1963 se planteaba las relaciones entre la poesía y la prosa como un problema de cercos. Dijo: «Problema de los límites de la poesía, de los cercos. O el poema en prosa, definitivamente. También él necesita cercos».[4] Se trata, pues, de una escritura que problematiza un hacer material que no solo atañe al entre sino también al intra que junta pero no funde géneros literarios de carácter propio. Poco a poco, cada vez con mayor estupor, Pizarnik llega a preguntarse: «¿Es preciso el ritual de las palabras aisladas y la pérdida del contenido para alcanzar la intensidad expresiva que este requiere?».[5] Creo que de ahí hay que partir para explorar, en toda su complejidad, esos testigos prosísticos que, a decir de la poeta argentina María Negroni, constituyen los textos de sombra en la obra de Alejandra Pizarnik.[6] Porque no se trata en Pizarnik de una exploración puramente intelectual, aunque también lo era, sino de un anhelo concreto por violentar hasta el límite la intensidad expresiva del lenguaje. A nuestra poeta no le dio, quiero decir, por contar anécdotas para

4 *Ibíd.*, pág. 341.

5 *Ibíd.*, pág. 448.

6 María Negroni, *El testigo lúcido. La obra de sombra de Alejandra Pizarnik*, Beatriz Viterbo Editora, Buenos Aires, 2003.

entretener durmientes, sino que se trazó para sí misma uno de los retos escriturales más serios y, a fin de cuentas, más influyentes en las búsquedas literarias del siglo XX.

El anhelo por la prosa es, desde un inicio, un anhelo extraño. Pizarnik describe su deseo en términos de brevedad, de belleza y de algo que escapa a la forma de la novela. Dice: «Además lo que yo quisiera es escribir un libro muy muy breve. Algo muy hermoso y muy breve. No una novela sino una crónica. Pero la imagino en una prosa simple y cristalina, aunque admitiendo todas las complejidades, en fin, aquella prosa que no sabría nunca escribir».[7] Insiste una y otra vez en la factura escritural, en la calidad y belleza de la escritura, como si esta le estuviera negada, de manera intrínseca, a la prosa: «Hablo de una prosa sumamente bella, de un libro bien escrito. Quisiera que mi miseria fuera traducida a la mayor belleza posible».[8]

Y si bien en poesía se ha tratado siempre de una miseria propia, en prosa, sobre todo, se trata de algo ajeno. Algo en forma de lo ajeno. La prosa, en sentido estricto, toma el lugar alterado y funda, por lo tanto, el lugar de lo otro. Así, en tanto ejercicio de otredad, la prosa pizarnikiana corteja, con todas las herramientas en su haber, la posibilidad de «enlazarse a lo de afuera»: la desmesura de un texto sin yo. Porque cuando aparece el deseo de la prosa, también está ahí el «deseo doloroso de escribir sobre algo o alguien que no sea yo ni se relacione conmigo, deseo de enlazarme a lo de afuera, de mirar y describir, aun desfigurando (sí, como siempre será)».[9]

7 Alejandra Pizarnik, *op. cit.*, pág. 370.

8 *Ibíd.*, pág. 412.

9 *Ibíd.*, pág. 376.

Este posicionamiento extrínseco al texto, esta introducción de la referencialidad en el cuerpo del texto, constituyó para Pizarnik un soporte temático, como lo fue en el caso de Erzébet Báthory, la condesa húngara con un pasado sangriento, pero también un soporte formal, como funcionó en la apropiación de lo que llamó modelos o moldes. Lo primero queda bastante claro en sus muchas alusiones a la favorable bienvenida que, de manera unívoca, recibió «La condesa sangrienta» —un texto en el que Pizarnik se apropia del texto de Valentine Penrose, otra poeta de asociaciones surrealistas, quien a su vez se había apropiado de textos y documentos relacionados con la gran dama sangrienta que asesinó, si cabe el dato histórico, aproximadamente a 650 muchachas campesinas en su búsqueda infructuosa de la juventud eterna—.[10] Así, hacia finales de 1968, Alejandra Pizarnik escribe: «Uno de mis deseos es escribir en una prosa como la de mi artículo sobre la condesa. Creo que la necesidad de interrumpir el exceso de profundidad —obligarme a detallar circunstancias externas de la condesa— me dio una libertad (y acaso una profundidad) que jamás me concedieron mis propias fantasías, desligadas de todo detalle concreto».[11] Que tanto Pizarnik como Ana Becciu, editora de su poesía y prosa completa, colocaran este texto en la sección de «Artículos y Ensayos», no deja de provocar la necesidad de ver el guiño ese que es, como todos, engañoso.

Ante la profusión de sus «fantasías sueltas y fragmentarias» y una autorreferencialidad que a menudo se tornaba asfixiante, Alejandra Pizarnik convirtió el relato ajeno en una

10 Alejandra Pizarnik, «La condesa sangrienta», en *Alejandra Pizarnik. Prosa completa*, *op. cit.*, págs. 282-295.

11 Alejandra Pizarnik, *Diarios*, *op. cit.*, pág. 465.

especie de refugio —una estructura y una anécdota libre de su propio sí que, sin embargo, o acaso precisamente por eso, podría acogerla—. Ya copiando a Beckett en secciones enteras de *Los poseídos entre lilas*, o con la misma Penrose de la condesa húngara, Pizarnik cortejó la ajenidad del texto, la projimidad del texto, con espejeos admirativos y feroces saqueos que, paradójicamente, en tanto molde de referencia, cumplían la función estabilizadora de la prosa. La imagen, aquí, de la mano que se aferra a la vela que llevará al navío a través de la tormenta o de la mano que se agarra del marco de la ventana para que el sujeto que mira enfoque, efectivamente, la mirada. Exprimiendo el modelo desde dentro, robándolo de sí frente a los propios ojos del texto ajeno, pero, al fin y al cabo, volviéndolo propio, Pizarnik hizo buen uso de las «traiciones, acechanzas, despojos, vigilancias y expulsiones» que, al decir de Negroni, constituyen el mundo de su escritura.[12] Hacia mediados de 1966, y tratando de hallar una salida a su exceso de diseminación fragmentaria, Pizarnik discurrió con usual lucidez y feroz ambivalencia acerca de su utilización de los moldes literarios: «Salvo que ponga un relato ajeno como modelo —o molde— y diga lo mío según la misma cantidad de hojas y la misma distribución. Ridículo».[13]

No siempre precisó, sin embargo, de un relato. Buscaba, quiero decir, la forma del relato y no necesariamente el contenido del mismo. Cuando Alejandra Pizarnik escribía «molde» se refería, por lo demás y con toda precisión, al «molde»: a la horma del zapato ajeno con el que, una vez calzado, quería caminar por

12 María Negroni, *op. cit.*, pág. 80.

13 Alejandra Pizarnik, *Diarios*, *op. cit.*, pág. 416.

el mundo. La prosa, en el sentido pizarnikiano, no es la anécdota ni el contenido del relato sino algo más, algo que, de manera breve y sublime, ella se cree incapacitada para escribir. Se trata de una prosa que, incluso, pone en tela de juicio la capacidad comunicativa de la misma. Una idea que cuestiona la supuesta habilidad intrínseca de la prosa para transmitir significado. Acaso de ahí la entrada en su diario de mayo de 1966: «Urgencia por comenzar un pequeño libro en prosa. Pero su tema podría ser, precisamente, esta urgencia vacía. La necesidad de escribir y la no necesidad de transmitir nada. No se trata del tema, lo sé bien, sino del hecho de tener que estar tanto tiempo, después de haberlo escrito, corrigiéndolo».[14]

Cuando Alejandra Pizarnik anota su anhelo por la prosa, lo hace además en la posición del escritor que escribe en-ese-momento. Ahora mismo. Aquí. Lo que aparece en su diario no es la reflexión abstraída de su materia, sino la materia misma: ¿cómo escribirla?; ¿por qué no puede ser escrita?; ¿cómo, de poderse, sería posible? Señera, Pizarnik anota los obstáculos y las posibilidades, empezando, cual debe, por la línea. La frase. En una entrada de 1968, y a propósito de la configuración de la frase, Pizarnik expone una visión del lenguaje que es eminentemente espacial (acaso por lo mismo Pizarnik suele referirse a corregir una página con el verbo arquitecturar) y también eminentemente intersubjetiva. Dice:

> ¿Y si el inconsciente o lo que sea, tuviera una exacta noción de la configuración de la frase? Porque yo me desangro en tentativas de distribución o, mejor, de ubicación de términos, como si la frase fuese un salón lleno de sillas

14 *Ibíd.*, pág. 414.

> y mi rol consistiera en elegir la silla en que se sentará cada invitado. Pero mi tormento de anfitriona consiste en saber que cada uno sabe dónde debe y quiere sentarse. Pero si lo acepto, ¿cuál sería, entonces, mi rol en esta fiesta lúgubre y lujosa del lenguaje agonizante?[15]

En su fiesta, en la fiesta del lenguaje que ella ofrece dentro de la casa que no posee, los sitios de las sillas, los moldes, existen, sí, pero cambian de lugar. Para asistir a esta fiesta que se da en su propio nombre, el lenguaje, en su papel de invitado, tendrá que desconocer (o fingir que no sabe) el lugar en el que le toca ir sentado y, aún más, el lugar en el que quiere sentarse. Las sillas pueden estar ahí, justo en el centro de la sala, pero tanto su ubicación como su adscrita inmovilidad se verán sujetas a los sujetos de una enunciación que, por serlo, será una enunciación escindida.

Con estas sillas en mente, resulta del todo comprensible que, para pensar en la prosa, Pizarnik se refiera a asuntos que van desde la extensión de sus oraciones («He observado, releyendo mis cartas a CC que no le he enviado, que mis oraciones extensas son desastrosas»),[16] como al sistema que no ha inventado para contenerlas («Mi estudio sobre el poema en prosa se altera por no saber usar una carpeta u hojas sueltas para realizarlo»),[17] hasta su preocupación por el espacio entre las líneas («Poemas en prosa: necesidad de los espacios dobles. Al menos para mi estilo»).[18] La cuestión de

15 *Ibíd.*, pág. 449.

16 *Ibíd.*, pág. 370.

17 *Ibíd.*, pág. 420.

18 *Ibíd.*, pág. 419.

los cercos entre la poesía y la prosa adquiere aquí una presencia material a la vez problemática y sensual. No se trata, por supuesto, de vigilar los linderos de uno o de otro, ni siquiera de señalarlos con enhiesto índice, sino de encontrar los mecanismos que den cabida a su invertida posibilidad. De ahí que sus poemas en prosa se resuelvan en plural y, consecuentemente, proliferen. Pizarnik se explaya en varias ocasiones, por ejemplo, acerca de:

> Poemas en prosa abiertos (con silencios) y cerrados, compactos y casi sin puntos y apartes. Poemas en prosa muy breves, breves como aforismos (Rimbaud: phrases) [...] en el poema en prosa los espacios son necesarios (cada página una frase como la de Rimbaud. O varias frases. Pero todo dentro de tres o cuatro líneas. Y con espacios dobles. En todo caso hay que olvidarse de la economía del lenguaje y escribir del modo más fluido que existe: Millar).[19]

En la persecución de esa prosa que es un refugio alterado o un antídoto contra su diseminación fragmentaria, Pizarnik alude y hace escarnio, siempre ahí la ambivalencia, de otras cualidades de la así llamada prosa normal. «Esta prosa de mi diario», anota, «se parece a lo que llaman una prosa normal. ¿Por qué, cuando escribo, no trato de apelar a ella? Pienso que mi correspondencia con CC me hacía bien pues me obligaba a escribirle con claridad. ¿Es una virtud la claridad? Ignoro cuáles son las virtudes. Solo conozco los deseos».[20] Por otro lado, continúa planteándose el problema de la unidad que es, claro

19 *Ibíd.*, pág. 418.

20 *Ibíd.*, pág. 465.

está, un problema de estructura: «El problema es el siguiente: ¿cómo descubrir, en mis composiciones sueltas, un eje o algo a modo de columna vertebral? Hasta ahora fue el método de las composiciones sueltas. Ahora quisiera algo mucho más extenso, como la condesa».[21]

Bastaría hojear algunas de las procaces y arrojadas páginas de *Hilda la polígrafa* para darse cuenta de que cuando Alejandra Pizarnik habla de la prosa en realidad está hablando, como su propia poesía, de otra cosa. Como si el anhelo de la prosa, que sabe imposible, fuera más anhelo en su propia imposibilidad. O como si el anhelo, que sabe imposible, se volviera cada vez más imposible, y por lo tanto más anhelo, ante la invectiva jocosamente anticomunicativa de esas prosas de ejes cuestionables y rizomáticas puntas. Como si le diera gusto fracasar. Como si ese fracaso constituyera, al fin y al cabo, el guiño victorioso de su anhelo. Este.

---

21 *Ibíd.*, pág. 451.

53

EL REFUGIO ES UNA OBRA CON FORMA DE MORADA (CAPÍTULO SEGUNDO)

Casi al final de su vida, un par de años antes de recibir la beca Guggenheim y, casi consecutivamente, la beca Rockefeller, Alejandra Pizarnik anotó en su diario lo que parece ser o una disculpa atrasada y fingida o una simple constatación de los hechos o una suerte de resignación anticipada: «Yo no quise ser estos fragmentos. Pero, puesto que debo, puesto que no puedo, no quiero ser otra, debo o tengo que reescribir o copiar a máquina un fragmento por día».[1]

Desde lejos, desde la posición de alguien que sabe lo que ocurrió el 25 de septiembre de 1972, estas frases no pueden resultar más ominosas. Las frases también indican lo evidente: que la fragmentación de Alejandra Pizarnik siempre fue, más que una elección aleatoria y/o racional, una condena. No una moda: un sino. Que la forma de la escritura de Pizarnik es también, acaso sobre todo, su fondo. Y que ese fondo es, ¿por qué no?, el que siempre quiso alcanzar. Desde este lejos

1 Alejandra Pizarnik, *Diarios*, Lumen, Barcelona, 2003, pág. 453.

que atraviesa barreras de tiempo y de espacio, sin embargo, puedo verla inclinada sobre su escritorio, copiando con su letra pequeñísima, esa letra que según dicen otros daba la impresión de ser una hilera de hormigas, un fragmento diario. Ya con la disciplina o con la obsesión del caso, escribo esto para verla elegir primero y luego copiar ese fragmento —el que dice lo que ella diría de otra manera. Siempre de otra manera.

Es cierto, o al menos eso dicen muchas de las entradas de su diario, que Pizarnik no quería ser «esos fragmentos». Es cierto que se refirió a ellos como las «sobras miserables» que exhibían sus limitaciones físicas y mentales, así como también su falta de disciplina, su desorden, y ese ensimismamiento que no pocas veces llegó a aterrorizarla. «Mi mente es débil», aseguraba en una entrada del 3 de junio de 1963, «de allí mi "método" de lectura y la brevedad de mis poemas. Hay una dispersión total: solo fragmentos que "vienen desde la nada"».[2] De la misma manera, crítica y dolida, arremetía contra «la indisciplina y el desorden [que] conducen a la toma de conciencia del vacío», aunque, según su propio decir, podía trabajar hasta diez horas diarias, como le pasó cuando escribía *La condesa sangrienta.* [3] Tampoco dejaba escapar de su disgusto a ese «miedo de mi monstruoso pensar en mí, de mi complacencia para conmigo y, a la vez, de mi extrema dureza. Quiero estar serena. Esto lo escribo temblando».[4] Contra esos estados de suma desazón y gran inseguridad en sus habilidades como escritora, frente a esos temblores con los que escribía su deseo de serenidad,

2 *Ibíd.*, págs. 339-340.

3 *Ibíd.*, pág. 340.

4 *Ibíd.*, pág. 363.

Pizarnik imaginaba a la prosa. Para eso la inventaba. Por ello la anhelaba. «Constreñirse», decía, «exigirse un poco de continuidad mental». ¿Y ahí empezaba su deseo o su miedo?

Una y otra vez, sin embargo, su trayecto hacia la prosa se vería cuestionado o desviado o impedido por su propia manera de escribir y su propia manera de vivir e, incluso, por su manera de hablar. En más de una ocasión, por ejemplo, Pizarnik llegó a culpar de todo a su conocimiento, cabal o no, de las reglas básicas del idioma: «Todo se debe a que no sé gramática».[5] En otras, llegó a referirse al «problema de siempre: ¿cómo podría yo atreverme a escribir en una lengua que no conozco?».[6] En otros momentos, momentos de mayor elucubración y análisis, Pizarnik llegó a formular largas listas de razones, tanto intelectuales como vitales, por las que se le escapaba la prosa. En 1964, el año de su regreso a Argentina después de pasar cuatro años difíciles, pero muy productivos en París, reflexionaba:

> Mi falta de ritmo cuando escribo. Frases desarticuladas. Imposibilidad de formar oraciones, de conservar la tradicional estructura gramatical. Es que me falta el sujeto. Luego, me falta el verbo. Queda un predicado mutilado, quedan harapos de atributos que no sé a quién o a qué regalar. Esto se debe a la falta de sentido de mis elementos internos. No. Más bien se trata de una dificultad de la atención. Y, sobre todo, de una suerte de castración del oído: no puedo percibir la melodía de una frase. De ahí también mi curiosa entonación, mis dificultades orales. Esto que digo viene a

5 *Ibíd.*, pág. 384.

6 *Ibíd.*, pág. 456.

ser mi emblema. Mis dificultades orales provienen de mi lejanía de la realidad.[7]

Dos cosas que llaman la atención:

1) Los elementos internos: el sujeto (que es la falta), el verbo (de la carencia), el predicado (castrado aquí como el oído). Y la dificultad de la atención.

2) La lejanía de la realidad: «Problemas principales: organización y tiempo».[8] «Desorden mental por haber conversado dos horas con mi madre acerca del tema más importante: el orden».[9] Y el dinero, el multicitado problema económico. Porque después de su regreso de Europa, aunque antes de recibir las prestigiosas becas internacionales, Pizarnik tuvo que vivir con su madre y ser mantenida por ella —dos cosas que, con el paso de los días, se convirtieron en fuente de angustia. La culpa de ser poeta.

Ante esas grandes dificultades de corte interno y externo, ante estas minucias de circunstancia y acción, entonces, la prosa —la prosa que para Pizarnik era, sin tapujos y acaso sin metáfora alguna, una casa—. Dice ya en 1969, refiriéndose al proceso de construcción de la morada de la prosa: «Para hacer cuentos y novelas es preciso planear, hacer proyectos (pocos o muchos, no importa). Hay que planificar, ordenar en capítulos, saber de antemano qué se va a decir. Al azar de la máquina de escribir surgen prosas que son una muestra de lenguaje errante. Pero un libro, como una casa, implica una verdadera planificación y

7 *Ibíd.*, pág. 364.

8 *Ibíd.*, pág. 450.

9 *Ibíd.*, pág. 439.

además laboriosidad y paciencia».[10] Habrá que agregar a esta cita que Pizarnik aquí no utiliza su consabida ironía sino que, como en otros casos y siempre en relación con la prosa, está asociando de manera explícita una forma de escribir, un molde, para usar sus propios términos, con la seguridad y protección de un hogar. «Cuando se trata de la prosa entro en confusión», admite, «Pero podría empezar con cuentos muy breves. No, yo quiero un refugio. El refugio es una obra en forma de morada. ¿Acaso no lo es este —digamos — diario?».[11]

Acostumbrada como estoy a que los narradores anhelen, con un anhelo en verdad vehemente, el acceso a la poesía, no deja de asombrarme que una poeta, una gran poeta como lo sigue siendo Alejandra Pizarnik, hable de la prosa como la casa esa que no posee. Me sorprende, quiero decir, que al hacer de la prosa una morada de refugio se refiera a la poesía, por simple oposición, como la intemperie. Una forma de peligro. Un desamparo. Y esto resulta incluso más sorprendente si se toma en cuenta que, al menos en *La bucanera de Pernambuco* aunque también en *Los poseídos entre lilas*, en la prosa pizarnikiana abundan «las colecciones de paráfrasis, las traducciones imposibles, los *collages* de idiotismos. Como en un circo en el cual conviven la mujer barbuda, el *clown*, la contorsionista, la *écuyère* con su tutú blanco, se dan aquí combinaciones de idiomas diversos y también inexistentes, en un juego lingüístico cuya vocación postbabélica o apocalíptica apunta, una vez más, al neobarroco latinoamericano».[12] Desde fuera, quiero decir, desde la posición de lectora de la poesía y la prosa de

10 *Ibíd.*, pág. 480.

11 *Ibíd.*, pág. 368.

12 María Negroni, *El testigo lúcido. La obra de sombra de Alejandra Pizarnik*, Beatriz Viterbo Editora, Buenos Aires, 2003, págs. 110-111.

Alejandra Pizarnik, sería en verdad difícil adscribir a la segunda la estabilidad y protección de un refugio. De hecho, María Negroni, atenta lectora de Pizarnik, sugiere una relación contraria: ante «la alegría del gesto profanatorio de los textos en prosa», la poesía de Pizarnik «se escribe sobre la base de un operativo de "limpieza"».[13] Como si ante el arrojo celebratorio e irreverente de sus textos prosísticos, las miniaturas poéticas, limpias ya de los excesos y sobras, constituyeran el verdadero refugio. La casa inasible.

¿Habrá que creerle a la poeta?, me pregunto. ¿A cuál de ellas?, me contesto. En todo caso sé que, con el limitado conocimiento que el autor suele tener sobre su propio texto, Alejandra Pizarnik no se cansó de inscribir en su diario, de encarnar en su diario, ese anhelo, insatisfecho desde su propio punto de vista, por la prosa. Anotó en 1968, todavía en París: «Pero entre otros problemas padezco el de la revivisección de las palabras aisladas. Como si esas joyas con que contemplo mis escritos tuvieran por finalidad excusarme de la precariedad de la prosa que escribo».[14]

13 *Ibíd.*, pág. 113.

14 Alejandra Pizarnik, *Diarios*, *op. cit.*, pág. 456.

54

ES COMO SI HUBIESE DESCUBIERTO LO INTOLERABLE Y LO IMPOSIBLE DE LA POESÍA (ALGO COMO UNA CONCLUSIÓN)

Anhelaba el libro pequeño y bien escrito; el libro hermosísimo cuyo tema fuera el lenguaje mismo. Un libro intenso que la mantuviera, por horas, días enteros, años de ser posible, construyendo su propia morada. Un libro en prosa que no fuera una novela, sino una casa. Anhelaba lo que siempre produjo. En español, lo decía ella misma, no había nadie que le sirviera de modelo. Ni Paz ni Cortázar ni Borges. Acaso solo Rulfo, pero Rulfo, lo decía también, era «sumamente musical». Nada en Latinoamérica como la *Aurelia* de Nerval, pero sobre todo un libro no argentino. Anhelaba. Un libro eminentemente suyo: el inicio de la P de Pizarnik. Un libro minúsculo. Un libro para esas damas pequeñísimas que se sientan en la palma de su mano para ponerse a maldecir o a rezar.

A juzgar por los comentarios que al respecto aparecen en su diario, este anhelo, que se hace explícito desde 1954 (en un listado con las cosas por hacer en los siguientes cuarenta días), fue hasta el final un anhelo frustrado. El anhelo por la prosa, es decir, fue siempre y hasta el final un anhelo. Sin embargo, el caudal de páginas que produjo acerca de las relaciones entre el poema y la prosa, acerca de los mecanismos materiales y experienciales que se implican una vez que se decide, o se necesita, colindar estas dos formas de escritura, se encuentran entre las más francamente proféticas y las más agudamente provocadoras de su producción, digámoslo así, ensayística. Pizarnik escribe en la «prosa normal» de su diario, los retos y alcances que prefigura la prosa de su prosa —ahí la problematiza y la ejecuta, la describe y la enjuicia, la deplora («O, tal vez, quiero dar un visado a mis textos raros. Puesto que son incomprensibles, que los salve, aunque sea, la magia verbal»). La quiere. La corteja. La pizarnikea.

En este sentido, es de llamar la atención que lo de Pizarnik no sea, en sentido estricto, la prosa, sino el lugar convulso y combinable del poema en prosa —una forma que, según ella misma, se le impuso; una forma no elegida o elegida, en todo caso, después—. Desde un inicio, cuando se desliga del quehacer de la novela por considerarla contraria a su naturaleza, el anhelo de Pizarnik es un anhelo colindante, bastardo y vertiginoso que, por lo mismo, abre sus puertas a la procacidad, el juego, el humor y, sobre todo, a las probabilidades del sexo. Se trata de un anhelo tan enclavado en la poesía de Perlongher y Thénon, como en los textos de Lautremont y Artaud. Es un anhelo loco, inclasificable, extraño. Sobre todo, es un alterado anhelo de otredad: fijar al objeto/sujeto externo para introducirlo, con todo su movimiento, con toda su eventualidad, en el interior de su propio texto. Se trata, así dicho, de un primario anhelo sexual. Es el anhelo que resulta de haberse topado con ese límite «intolerable e imposible» de la poesía.

55

CODA
(LA PREGUNTA OBLIGADA)

—¿Quién habla? ¿Quién carajos habla? —dijo la decana levantando el auricular.

ALEJANDRA PIZARNIK, *La justa de los pompones.*

V

LOS VERDADEROS REPORTES DE VALERIO

De la violencia futura emana hacia el pasado, hacia el presente de quienes estamos esperando en su propio pasado, como un efluvio siniestro que los sentidos saben distinguir sin husmear. La violencia es cosa de cuerpos humanos; de cuerpos que esperan lo inesperable: lo que ya pasó, lo súbito, lo que no pasará jamás.

Salvador Elizondo

56

DESNUDAR ES LO PROPIO DE LA MUERTE

El crimen desnuda. A la víctima la delata la herida —porque por ahí, por sus pliegues y sombras, es posible avizorar la otra vida de su vida, la vida subterránea y secreta, la pasión vergonzosa, el error de cálculo, el hábito inconcebible, la carencia específica—. El arma pone al descubierto al victimario —el filo, el costo, la estratagema de la ocasión, el furor, la saña—. Pero el crimen también revela al que lo mira —al que pasa cerca y, lleno de miedo, se paraliza; al que cierra los ojos, escandalizado; al que se sigue de largo, esperando salvar su indiferencia o su prisa; al que, con los ojos abiertos, cae fascinado—. Valerio no había elegido ver a los hombres castrados, pero, desde la primera ocasión en que su mirada se detuvo ahí, sobre el destrozo de su falta, sobre la violencia indescriptible de su falta, supo que ese homicidio bien podría ser una suerte de negativo de alguna fotografía de su vida. En el futuro, tal vez. En el pasado. Había algo en la castración que lo obligaba a pensar en el peligro personal, en la amenaza contra el propio cuerpo. Una escena primigenia. El miedo fundacional.

Mi nombre no es Valerio. Eso lo enunció en silencio, dentro de su propia cabeza, a medida que se internaba más y más en la escena del crimen. Le atraía, como pocas veces, el escenario: el rojo de la sangre, la luz de lámparas, el tono grave de los cuchicheos. Había visto, hasta entonces, todo tipo de asesinatos, pero ninguno tan estilizado ni tan explícitamente sexual. El cuerpo, más que tendido en un callejón oloroso a orines, daba la apariencia de estar como puesto en escena. Un teatro de leyenda. La sangre, roja y pesada, parecía artificial. Y los genitales, ausentes, cortados con rigor quirúrgico, comandaban la atención y la vista. A fuerza de no estar ahí, estaban más ahí que la vida, más ahí que la muerte. No fue sino hasta un poco después, cuando por cuestiones de este caso y junto con la Detective se dedicó a analizar la poesía de Alejandra Pizarnik, que recapacitó en lo que veía: desnudar, Alejandra tenía razón, era lo propio de la muerte.

Años después pensaría en esos días como en los días más difíciles de su vida. Los llamaría así explícitamente: *fueron los días más difíciles de mi vida*. Los recordaría a la menor provocación, en especial cuando el miedo, cualquier tipo de miedo, lo acosara con sus espinas bicolores o su cola larga. A solas o en compañía, Valerio se volvería entonces hacia su lugar interno, el lugar donde conservaba el altar para sus terrores más nimios, y callaría. Inmóvil. Ausente. Estatua de artificio. Estatua terrena. El silencio, ese silencio, solo se vería interrumpido por la duda: *¿cómo es que llegué a pensar que no me llamaba Valerio?* Rememorar ese rechazo incomprensible y absurdo, inútil del todo, le provocaría la risa estentórea con la que regresaba al lugar donde verdaderamente se encontraba: su presente. Su nombre: Valerio. Decir: Valerio.

57

¿PUEDE UN POEMA TOMAR EL LUGAR DE LA ORINA DE UN PERRO?

A la Detective con la que trabajaba le refirió en esos días, con su habitual tono mesurado, lo que había visto y lo que sabía después de una primera revisión de los hechos: el hombre que yacía ahí, en el espacio al que no tardarían en denominar el Callejón del Castrado, no estaba propiamente desnudo. Todavía llevaba puestos una camisa que había sido blanca antes de teñirse del rojo de su muerte y unos zapatos de charol. Cerca de él, se encontraba un portafolio negro en el que, al parecer, no faltaba nada. Un reloj de pulsera. Un anillo de graduación. A no ser por el pantalón que, manipulado con fuerza, apenas cubría sus rodillas, el resto parecía normal. Se trataba, como lo supo poco después, de un periodista de poca monta; un hombre soltero que apenas hacía sus pininos en un diario local, con frecuencia escribiendo notas para la sección de Deportes. Tenía, y eso lo cotejó él mismo por pura curiosidad, más o menos su edad. No hubo violación. Nada de lo que fue descubriendo en la escena del crimen primero y, después, investigando a toda prisa pero con método, lo sorprendió. Un hombre había tenido un pene y, luego, no lo había tenido ya más. Un hombre se había desangrado, solo, al amparo de la noche, en un callejón. Un hombre sin pene, un hombre castrado, había sido descubierto por una mujer. La mirada, esa, los había congregado a todos, desnudándolos. ¿Quién eres tú? Yo no soy Valerio.

Y la Detective, por supuesto, había reído, y estentóreamente, con su último comentario.

Meses antes, cuando no había ni siquiera imaginado que formaría parte del equipo a cargo del caso de los Hombres Castrados, cuando apenas había decidido aceptar un puesto que no buscaba, o que buscaba a medias, más con desánimo que con interés, el de ayudante de una detective del Departamento de Investigación de Homicidios, esa risa lo había despabilado. Se trataba de un sonido rasposo y procaz que parecía venir de muy lejos, desplazándose morosamente sobre caminos de tierra a los que azotaba sin parar una tormenta de verano. El sonido, que casi llegaba a la explosión de la carcajada se había detenido, por razones que nunca aclararía, un poco antes. La puerta que se azota. El libro que se cierra para no volver a abrirse. El fin de la confianza. Ese ir tan repentino del gozo al cerco lo había obligado a pensar dos veces en la mujer de enfrente. Ella tenía un secreto. Vivía con un secreto. Eso lo supuso y, luego, casi de inmediato, lo creyó. Una especie de fe. Imaginó su cuerpo bajo el uniforme azul, admiró sus manos descuidadas pero expresivas, aspiró el aroma que emanaba de su cabello, y le agradeció, nunca supo a quién, el horario que le tendían en forma de empleo. Esa risa del inicio, entrecortada y difícil, incrédula, meditabunda, se convirtió en la melodía de sus días —los fáciles y, luego, los que todavía no sabía que serían los más difíciles de su vida.

A la Detective, eso lo pensó un par de semanas después de colaborar con ella, le gustaba perder. Pronto llegó a saber que tenía años trabajando ahí, en el sótano al que nunca llegaba la luz natural del sol, sin apenas reparar en ello. Sin quejarse demasiado. Ningún ascenso. Ningún aumento salarial. El sótano convertido en un sarcófago. Los casos que ponían en sus manos eran de dos tipos: los de todos los días (del tráfico al menudeo de estupefacientes, por ejemplo) o aquellos que por estrambóticos o incomprensibles (la desaparición de una mujer de la China tras un remolino, entre otros tantos) eran rechazados con discreción por investigadores de más valía. La Detective no se había caracterizado por solucionar sus casos ni con rapidez ni sin ella, pero escribía largos informes repletos de preguntas y detalles que agradaban el sentido estético del jefe del Departamento de Investigación de Homicidios. Hablaban, a veces, de autores que siempre resolvían casos en el rectángulo de la página o, con más frecuencia, de series de televisión donde hombres y mujeres, que no lucían para nada como ellos, resolvían, con gran sentido del deber y una condición física envidiable, casos estridentes y de relevancia internacional. La Detective reía entonces con la risa que Valerio le conocía. Y luego, ya dentro de su oficina, se ponía a hojear papeles y a garabatear posibles rastros a seguir o conclusiones, en su turno, imposibles.

La corredora que se convertiría en su primer testigo, el testigo principal en el caso de los Hombres Castrados, repetiría una y otra vez en su testimonio inicial que no quería volver a ver algo así. Nunca. Nunca más. Viéndola, oyéndola con todo cuidado, Valerio llegaría a considerar, por primera vez y con gran terror, un terror que hasta ese momento no conocía, si no estarían frente al demente quehacer del asesino serial. Luego, cuando constató que hablaba sola, cuando no tuvo duda de que la mujer se comunicaba a toda hora con seres de suyo imposibles, lo dudaría otra vez.

El primer encabezado que se encargó del tema en la edición vespertina de los periódicos de la ciudad decía: «¡HORROR! HOMBRE CASTRADO EN UN CALLEJÓN».

Horas después de haber visto la escena del crimen, Valerio pensaría que en realidad sí conocía ese tipo de terror. Era algo sin forma pero reconocible que se le introducía, como la comida, con el amargor de la saliva hacia el estómago. Una vez ahí, se difuminaba por la parte central del cuerpo y no se movía más. Un estancamiento. Un estar y no estar. Algo que en alguna ocasión había llamado «el aleteo». Lo había sentido sobre todo en situaciones de abandono, lo sabía bien. En los momentos en que más dudaba de sí mismo. Cuando todo parecía no dar más. Era algo que recordaba de la adolescencia, de justo antes de la adolescencia. El despegar.

—Que te has quedado blanco, Valerio —le había dicho la Detective cuando lo sorprendió con los ojos sobre la pared de enfrente, papeles inmóviles entre las manos.

Valerio se volvió a verla como si, de repente, el sol del desierto cayera vertical sobre el sótano donde trabajaban. Se incorporó. Le pasó el más reciente informe: una copia del poema de Pizarnik que habían descubierto, pintado con esmalte de uñas, en uno de los ladrillos del callejón.

—Bastante enfermo, sin duda —las palabras de la Detective le provocaron pesar. Estaba de acuerdo. Y veía frente a sí una larga procesión de dudas sin contestar.

—¿Y si fuera alguien como tú o como yo? —le preguntó por preguntar.

—No será tan grave —ironizó la mujer y, al instante, se rió con su risa de caminos terrizos y de tormenta. Fue en ese momento, justo cuando sabía que la risa no llegaría a la carcajada, que recordó a su hermana—. Siempre se trata de alguien como tú y como yo, Valerio. Ya deberías saberlo.

El terror, el que sí conocía, regresó entero. Vio el rostro de su hermana cerca del suyo propio y, luego, volvió a percibir la soledad del momento en que el rostro se convertía en la nuca, y la nuca, ya en la lejanía, se transformaba en algo más y más pequeño. La punta de un alfiler. Cientos de ángeles danzando en su centro. Y entonces, ahí, en el centro de ese centro poblado y movible, de ese centro que también estaba a punto de desaparecer, emergió el rostro de la Detective.

—Estamos ante algo en verdad difícil —murmuró para los dos—. El que lo hizo eligió el lugar mucho antes, ¿no crees?, ¿tenemos datos al respecto? Estoy segura de que lo eligió y lo marcó con esto —elevó la copia del poema—. «Como un perro. ¿Puede un poema tomar el lugar de la orina de un perro?». En todo caso, luego solo se dedicó a esperar a ese hombre que, se le nota en el rostro, viene de lejos, buscando algo que todavía no conoce. ¿Quién hace esto?

—Alguien con mucha paciencia —reflexionó Valerio en voz alta—. Alguien que cree en la poesía. Alguien que confía en el filo de cada palabra. Alguien con destreza manual. Alguien, en fin, retorcido, como todos, pero con un cierto mapa mental. Lecturas. Gustos específicos. Alguien que camina mucho, que camina cerca.

—¿Es una mujer o un hombre, Valerio? —le pregunta intempestivamente la Detective sin dejar de verlo.

—Si me lo preguntas así, tendría que decir que es una mujer y un hombre, las dos cosas al mismo tiempo. —Guarda silencio, esperando una respuesta que no llega—. ¿Pero quién en verdad no es una mujer y un hombre al mismo tiempo?

—¿Quién encontró el cuerpo? ¿Cómo se llama la profesora esa?

Valerio la vio tomar su chaqueta y caminar a toda prisa hacia la salida del sótano. Pensó que así, exactamente así, había visto por última vez a su hermana. La velocidad y, luego, una vana estela.

58

LA MUJER INCREÍBLEMENTE PEQUEÑA

Ya cuando pensara en esos días como los días más difíciles de su vida, Valerio también recordaría ese momento: el momento en que el rostro de su hermana y el rostro de la Detective se habían vuelto uno. Caminaría bajo la sombra de los álamos, sobre banquetas llenas de gente, en la orilla de parques lúgubres. Seguiría caminando por las calles citadinas, lo que todavía sería su método favorito para que las interrupciones de la vida cotidiana le permitieran acceder a razonamientos inesperados, y se preguntaría si la dificultad de esos días, que incluso en ese instante le parecerían todavía insoportables, todavía dolorosos, no estaría relacionada con ese intercambio de rostros.

—La de cosas que hace uno —mascullaría el viejo— para no aceptar un abandono. Para volverlo otra cosa.

Y se quedaría inmóvil bajo la luz última del atardecer, imaginando a los cientos de ángeles en la cabeza de su alfiler.

El segundo homicidio los tomó desprevenidos pero no los sorprendió. El poema de Pizarnik había aparecido esta vez dentro de la mano cerrada de la segunda víctima, y eso les indicó, según dijo la Detective, que el o la asesina estaba listo para tomar otros riesgos. La planeación era explícita en el cuidadoso recorte de cada letra con la que había copiado el poema: «AHORA BIEN: Quién dejará de hundir la mano en busca del tributo para la pequeña olvidada. El frío pagará. Pagará el viento. La lluvia pagará. Pagará el trueno. *A Aurora y Julio Cortázar*». El deseo de seguir adelante se colaba, clarísimo, en la amenaza de las palabras. Forma y contenido en este caso anunciaban la misma cosa: los asesinatos no pararían.

El vecino de la segunda víctima diría en su testimonio que había escuchado algo, algo lo suficientemente fuerte para ser oído, pero lo suficientemente extraño para no ser entendido. Hubo gemidos, de eso estaba seguro. Gemidos que, en su opinión, en la opinión de un vecino que husmeaba de noche, eran de naturaleza sexual.

—Algo normal —habría añadido como si le urgiera ocultar lo que ya estaba a la vista— en un muchacho soltero. Digo, eso de tener invitados nocturnos.

La Detective y Valerio habrían intercambiado miradas en ese momento.

—¿Invitados? —le preguntaría ella con cierto tono de complicidad.

—Invitados, sí —murmuraría el vecino—. E invitadas también. Ya sabe como están estos tiempos.

Cuando vio el primer cadáver, Valerio temió que hubiera más, pero nunca se imaginó que, días después, caminaría a un lado de la Detective para discutir el asunto de las dedicatorias. Nunca habían caminado juntos. Sabían que tanto uno como otro lo hacía para pensar, si no mejor por lo menos de otra manera, pero desde que empezaron a trabajar en equipo habían mantenido sus paseos por separado. Los Hombres Castrados también cambiaron eso: sus vagabundeos solitarios. Arropados contra el viento que traía en su lomo mucho polvo, emprendieron la marcha y, pronto, alcanzaron un ritmo veloz y fácil.

—Me preocupa la limpieza del crimen —mencionó ella iniciando la plática—. Algo así, un desmembramiento de ese tipo, tendría que producir más sangre. Sangre desparramada. En cambio, lo viste tú mismo, un charco apenas. Un gran charco eso sí, pero un charco apenas, bajo el cuerpo.

—A menos que no haya habido lucha —aventuró Valerio solo para contradecirse después—, lo cual sería extraño en un caso como este. Habrá que medir con cuidado la presencia de calmantes. Drogas varias.

—O que se tratara de un experto —interrumpió la Detective—. Un cirujano. Un muy buen carnicero. Un chef.

—Carne. Comida. Degustación. A eso suena todo esto, ¿no?

—Un banquete al que no nos han invitado.

—O al que nos han invitado, Valerio, pero sin darnos el menú o la dirección —le había dicho ella, reflexiva—. También me preocupa la dedicatoria. —Se la mostraba otra vez—. ¿O serán así los asesinos letrados? ¡Mira que no solo copiar el texto, sino también la dedicatoria del texto! *Alicia y Julio Cortázar*. ¿Por qué los dos? ¿Para dejar en claro que no había nada sexual entre ella, la autora de la dedicatoria, y el elemento masculino del binomio dedicado? ¿Estaba ese Julio casado con esa Aurora? ¿Hay textos de ella también?

—Era un bibliotecario —la interrumpió Valerio, conociendo como conocía que la lista de sus preguntas podría llegar a ser infinita—. Un bibliotecario que es asesinado, con sumo escrúpulo, si me permites decirlo, en la misma casa donde recibía invitados e invitadas nocturnos.

—Invitados e invitadas acaso interesados en la fidelidad a la cita textual —añadió ella con la ironía acostumbrada y empezó, al mismo tiempo, sin tener conciencia alguna, a raspar con una moneda la pared junto a la cual se deslizaban. El gesto infantil y del todo automático distrajo a Valerio.

—Invitados e invitadas, digamos —continuó ella—, tan letrados como el asesino o asesina a quien no se le olvida incluir a quién fue dedicado el poema que copia.

Las líneas que dejaba la moneda sobre el concreto a medio pintar de las paredes parecían registrar los altibajos de la conversación. Un ritmo interno. Algo conmensurable.

—Invitados e invitadas —insistía— que bien podrían prestarse a un experimento. —Se volvió a verlo como si ya se encontrara en otro lado—. Como si se tratara de una secta, ¿no es así? *Swingers* extremos. Hay dos o tres clubes así en la ciudad, ¿no es cierto?

—Podrían multarte por eso —dijo Valerio en tono de sorna cuando finalmente se atrevió a llamarle la atención sobre lo que iba haciendo.

Ella, por toda respuesta, frunció el ceño y escondió la moneda en el bolsillo de su chamarra. Luego, como si así lo hubieran acordado desde el inicio, se despidió y se echó a andar por su cuenta sin decir nada más. Valerio se tomó el tiempo de verla. Pensó que la Detective era una mujer con manías de niña. La imaginó, sin saber por qué, como una mujer increíblemente pequeña: algo o alguien a quien podría llevar, como ella a su moneda, dentro del bolsillo de su saco.

Días después, siempre en su casa y siempre a solas, empezaría a escribir sus notas acerca de la Mujer Increíblemente Pequeña. Le daría una medida de longitud: once centímetros. Le otorgaría un momento de aparición: sobre la mesa, detrás del salero, un día en que tomaba una sopa de lentejas. Ningún aviso. Ningún origen. Una simple aparición. Bristol, 1699. Capitán William Prescott. Le pondría vestidos de muñecas que buscaría, con algo de desesperación, con algo de morbo, en las maletas que había dejado su hermana en el clóset de la familia. Le procuraría una serie de amigos: la pájara que cantaba desde la jaula de un vecino, la lagartija azul de lengua larga, los dedos de los niños. Le pondría un nombre: la Mujer Increíblemente Pequeña. Verla le produciría un placer inmenso, un placer acaso inimaginable. Oiría con atención su voz suave, su voz de mujer adulta. Como Lemuel Gulliver en Liliput, desarrollaría rápido una mezcla de ternura y conmiseración por la fragilidad que asociaba a su tamaño. La colocaría en la palma de su mano y, elevándola hasta la altura de los ojos, la vería saltar al vacío. Tardaría mucho tiempo en organizarle una historia. En contársela.

59

SOY TU IGUAL

Le costó mucho trabajo ver el tercer asesinato. Habían corrido de un lado a otro haciendo preguntas, leyendo mensajes de una demente, siguiendo posibles pistas, elaborando conexiones, por eso, cuando sonó el timbre del teléfono con la llamada que sabían que los aguardaba en algún momento del futuro, mantuvieron un angustiante silencio. Se les acababa el tiempo. El tiempo iba más aprisa que ellos. El asesino o la asesina. La muerte misma era mucho más veloz.

Al observar el tercer cuerpo sobre la calle, un cuerpo tan cercano de otro verso de Pizarnik, esta vez delineado con lápiz de labios sobre el pavimento, Valerio tuvo que descartar de su lista de sospechosos a la mujer llorosa que había jurado ser la mujer del bibliotecario que ellos sabían recibía en su casa de soltero a invitados e invitadas nocturnas. Había decretado a los celos como móvil mientras comparaba su caso, todavía hipotético, con otros que habían ocurrido tanto en su país como en el extranjero: las mujeres celosas habían tomado un cuchillo de cocina en la mayoría de ellos y habían cercenado, con inimaginable rabia, el pene del cuerpo infiel. Tan pronto como empezaron las pesquisas del tercer hombre tuvo que aceptar que no había relación alguna entre ellos y que, por lo tanto, la hipótesis de la mujer celosa, efectiva para un caso, resultaba del todo inútil, inclusive escandalosa y sexista, para explicar la serie de asesinatos que ya en ese momento podían denominar como seriales.

—Estamos frente a un esteta —murmuró la Detective—. Frente a un esteta obsesivo que quiere darnos un mensaje sobre el cuerpo, el cuerpo masculino, y las letras del alfabeto.

Todo esto lo dijo como en trance, mientras Valerio desechaba su propia hipótesis, y el equipo de investigación acordonaba la zona alrededor del tercer castrado. Todo esto lo dijo en cuclillas, colocando la yema de su dedo índice sobre las letras del lápiz labial que, bien diseñadas, cubrían buena parte del pavimento.

—Estamos frente a un esteta que quiere darnos un mensaje sobre el cuerpo masculino y las letras del alfabeto pero con objetos de mujer. —Su voz tenía el timbre de una retractación.

Valerio recordó el esmalte de uñas, los recortes de letras, el *lipstick*.

—¿Un hombre que posa como una mujer? ¿Una mujer que posa como una mujer?

La Detective le palmeó la espalda por primera vez.

Se encargaría de buscar las similitudes: tres hombres jóvenes de fenotipos agradables pero por lo demás comunes y corrientes. Tres profesionistas de la clase media relacionados más o menos con el campo de las humanidades. Tres hombres solteros, de gustos exquisitos y con un cierto interés, o la posibilidad de un cierto interés, en asuntos de poesía y de arte, especialmente el contemporáneo. Tres hijos de familia. Tres seres independientes, con cuarto propio y zapatos caros. Tres cuerpos que habían conocido el placer y el abandono y el calor y el viento. Tres historias de las que conocían poco pero imaginaban más.

Y cada uno de ellos, ya fuera de su casa como el hombre n.º1 y el hombre n.º3, ya dentro de la misma como el hombre n.º2, se habían topado con el o la asesina. Habían despertado su interés o su maldad o su deseo. Desde el inicio, sin ponerse en realidad de acuerdo, asumirían que el o la asesina y las tres víctimas se conocían desde antes. Puesto que nada indicaba que hubieran sido arrastrados o llevados a la fuerza, asumirían que habían seguido por voluntad propia al asesino o la asesina hasta esos lugares oscuros o alejados donde los esperaba, seguramente ya a sabiendas de ellos mismos, un poema de Alejandra Pizarnik. Y como las escenas de los crímenes eran sumamente ordenadas, acaso minimalistas, asumirían que entre el asesino o asesina y la víctima se había fraguado, acaso producto de la seducción, un lazo de aparente confianza. Asumirían que nada de lo que los castrados sabían o imaginaban del mundo hasta el día fatídico los había preparado para sospechar lo que vendría: el tajo que se llevaría a otro lado, un lugar que todavía desconocían, su masculinidad. El corte. La cisura. La escrupulosa ferocidad.

—¿Quién conoce a tres hombres así al mismo tiempo? —se preguntó en voz alta mientras continuaba con sus apuntes—. Todo mundo —se contestó de inmediato, derrotado—. Yo mismo conozco a tres hombres así. A más.

Días después, cuando empezaran a llegar los mensajes que alguien firmaba con el nombre de una mujer, con el nombre de varias mujeres en realidad, todos se acostumbrarían a hablar del asesino en femenino. Nadie encontraría, sin embargo, una forma gramatical adecuada para masculinizar a *la víctima* y, seguramente por ello, aunque seguramente también por muchas cosas más, los diarios se referirían al caso como el de los Castrados. Una lejana resonancia musical. Dotes de tragedia. Los periódicos de la tarde, por su parte, llamarían la atención sobre la particular ineficiencia de la Detective en este caso, y Valerio recordaría esa etapa de la investigación como el tiempo en que se convirtió en el guardaespaldas y espía de una profesora que solía sostener largas conversaciones con seres que él no podía ver y, además, con la Mujer Que se Parecía a su Hermana. Una profesora que corría. Alguien que estaba preparada para huir.

En esos días de cautelosa persecución y ese increíble hastío lleno de tensión, lleno de terror, aumentaría poco a poco su conocimiento acerca de la Mujer Increíblemente Pequeña. Le gustaba la sal, por ejemplo, lamer su amplia superficie y patear su volumen de roca. Prefería dormir en el nido de la pájara. Favorecía los juegos procaces de la lagartija que, con su lengua larga, le hacía cosquillas en varias partes del cuerpo. Aguantaba mucho tiempo bajo el agua. En efecto, pasaba tardes enteras dentro de la pecera, contorsionando su cuerpo junto al del pez anaranjado que solía envolverla con sus aletas dúctiles y largas. Lo observaba desde detrás del cristal empañado; le hacía señas. Los brazos extendidos. Las manos abiertas. Ven, parecía decirle. Valerio se imaginaba que quería decirle algo, que la Mujer Increíblemente Pequeña tenía un mensaje para él. Pero los días pasaban, esos días, los que luego recordaría como un *impasse* en el caso de los Castrados, los que en un futuro cercano le recriminaría con pasión exaltada a la Detective, sin recibir ningún mensaje.

Tenía un secreto. La Detective tenía un secreto. La delataba su risa estentórea. La delataba su manera total de concentrarse en casos de difícil resolución, manteniendo una esperanza que todos los demás perdían a pausas regulares. Ineluctablemente. La delataba, sobre todo, su acento —ese golpe de más al final de las palabras que se le salían entre sueños—. Cada crimen que investigaba la delataba. Las manos que no se cuidaba y los vagabundeos que ahora, una vez más, emprendía a solas. La redacción de sus informes. La manera como le ordenaba a él que protegiera, obsesivamente de ser posible, a otra. Una mujer. Sus reflexiones. El cuerpo que imaginaba bajo el uniforme azul. La gracia que le atribuía a un silencio que otros calificaban de hosco. Lo impensable de la aproximación, tan veloz como un tajo, y la súbita lejanía que lo dejaba, luego, sin nada. Una extirpación. Un robo letal. Años después, cuando reflexionara acerca de todo eso, en el todo eso al que denominaría entonces ya como su pasado, pensaría que había seguido a la Detective hasta su casa, que la había desnudado y besado y penetrado y abrazado porque estaba seguro de que ella tendría un secreto. Porque quería compartirlo. Porque pensaba que lo compartía. Recordaría su rostro contrito y su rostro relajado. Sus manos aferradas al tubo del respaldo de su cama. La agilidad de sus piernas y de su lengua. Recordaría casi cada segundo de la sesión y, aún así, incluso años después, lo asaltaría la certeza de que el secreto ese que había identificado desde su primera carcajada, el secreto ese que no había dejado de perseguir desde el momento inaugural, había pasado frente a sus ojos, transparente y voluminoso a la vez, sin darse cuenta. Un hipopótamo. Nunca podría responderse, ni siquiera a una edad en la que se toman decisiones definitivas sobre todo lo ya acontecido, qué había significado esa mujer en su vida. Si había significado. Si había sido parte de su vida. Lo único cierto, lo que sí recordaría, sería la conexión. Algo de cualquier manera irreal pero poderoso. Algo sin forma. Algo francamente banal. Una derrota compartida. La presencia del mal, que asustaba, y luego fascinaba, y luego volvía a asustar.

La Mujer Increíblemente Pequeña lo denostaba al llegar a casa con su dedo índice en alto. Escalaba por su hombro con el carcaj en su espalda y, arqueándose sobre el pabellón de su oreja derecha, le recordaba que tenía que vestirla o alimentarla o, cuando menos, divertirla.

—¿Qué hace una Mujer Increíblemente Pequeña en el nido de la pájara? —le preguntaba.

—Hago lo mismo que la pájara —le contestaba, guiñándole un ojo. Infantil y sexual a un tiempo. Carnívora.

Luego dejaba de pensar en la identidad de la Asesina, en el secreto de la Detective, en la seguridad de la Profesora, y mejor encendía el televisor. Pero la Increíblemente Pequeña se colocaba frente a las imágenes y, en una suerte de teatro miniatura de lejanas ascendencias orientales, bailaba con los personajes que anunciaban mercancías. A veces, dependiendo de la trama de los comerciales, daba de brincos o de vuelcos, mientras que en otras se quitaba la ropa y, lánguida como diva de circo, se tendía frente al rectángulo del televisor como si se tratara de un tótem.

—Tú eres mi tabú —le murmuraba entonces, tocando con las enormes yemas de sus dedos de hombre la piel de la diminuta criatura. El cabello. Los senos. El torso. Las piernas.

—Soy tu hermana —le replicaba, ya confundida con las imágenes de la pantalla, manoseada, inquieta—. Soy tu igual.

¿El parecido genético? ¿El fracaso a dos? ¿El cansancio o la soledad? ¿Qué era lo que provocaba estas ganas de tocar, de tocar por dentro?

—Un especialista en el tema —balbucía Valerio, medio adormilado o totalmente fuera de sí—, decía que al asesino serial le interesa, sobre todo, husmear el adentro. Provocar la herida. Abrir el pliegue. Observar. Enterarse. Implicarse.

—¡Pero qué comemierda! —exclamaría entonces la Increíblemente Pequeña—. Yo puedo entrar en ti.

—¿Me he perdido de algo?

—Te digo que necesito un bosque.

El ruido de la moneda que rasga el concreto de las paredes citadinas. Esa línea.

A veces, muy pocas veces, se sorprendería repitiendo la frase «hago lo mismo que la pájara». Incluso a una edad en que ya le resultaría difícil recordar cosas, se descubriría, no sin asombro, no sin cierto sentido del ridículo, enunciando, tarareando de hecho, palabras que solo más tarde, y eso con base en disciplina, asociaría con algo más. Repetir la frase «hago lo mismo que la pájara» lo llevaría a pensar en ella, en la Profesora. Un chispazo. Algo involuntario. Recordaría, de vez en cuando y a causa de esa frase, que la había resguardado por días enteros, desde el amanecer hasta el amanecer. Trescientos sesenta grados de una vida. Recordaría que la había observado con meticulosidad y con rigor de aprendiz: esto es la vida de una mujer. Una mujer no es una pájara. Recordaría que corría, corría mucho, corría todo el tiempo. Corría aún cuando no corría: la respiración exaltada, la mirada en el más allá, la tensión de los dedos. El placer. Recordaría que, con el paso de las horas, a medida que se acostumbraba a su rutina, se había aprendido su rostro de memoria y que, luego, no sabía cómo explicárselo, no sabía si existiría alguna explicación, lo había borrado. De hecho, hubo días, días enteros, en que estuvo convencido de que podía descifrarla. Sus gestos como letras en un libro. Territorio conocido. Recordaría, sobre todo, su miedo. El lívido rosa de los labios. Los ojos semicerrados. El tartamudeo de la voz. Una contra otra, las manos. Sobar.

Recordaría que, con frecuencia, le parecía más pequeña de lo que era, menor de tamaño, de edad. El miedo producía eso en ella, esa colección de expresiones de fragilidad. Eso recordaría Valerio cuando la recordara: un miedo que a él le resultaba ilógico y, por lo mismo, sospechoso. ¿Qué podía temer una mujer en la época de los Hombres Castrados? Una pájara. Una mujer no es una pájara.

En el testimonio del amigo del cuarto hombre castrado resultaría cada vez más obvia la preocupación. Ya no se trataría de un miedo individual para entonces, sino de toda una paranoia colectiva. Una nube de libélulas. Una marabunta de langostas. La trepidante destrucción. Los jóvenes buscarían, y eventualmente encontrarían, nuevas maneras de proteger los genitales, escondiéndolos o camuflajéandolos. Convirtiéndolos, en todo caso, en otra cosa. La Otra Cosa. Los viejos hablarían de otros tiempos, ya idos, siempre mejores. Antes de que ocurriera todo esto. Antes, cuando uno estaba a salvo. Antes, cuando se podía. Las mujeres se acostumbrarían poco a poco a provocar sospechas desmedidas. Algunas aprovecharían las nuevas cuotas de poder producidas por el miedo para transformarse a sí mismas en leyendas vivas; otras, las más, intentarían asegurar por todos los medios que no albergaban fantasías castrantes dentro de sus cabezas. Nadie les creería, por supuesto, pero la falta de confianza ajena las haría redoblar los esfuerzos en lugar de desistir. En resumen: el mundo, después de Cuatro Hombres Castrados, sería ya otro de ser tanto, o de manera exagerada, el mismo mundo donde la Detective volvería a fracasar, esta vez con bombo y platillo, en todos los encabezados de los periódicos vespertinos:

EXTRA DE *LA MENTE DE LA DETECTIVE* /
PRECIO $4.00 / N.° 14421
BRUTALES CRÍMENES:
DESPEDAZAN A UN HOMBRE /
UNA NIÑA LA OTRA VÍCTIMA

Foto: Dos políticos de la entidad: corbatas azules / traje negro / anillo anular / grises los cabellos: intercambian papeles sobre un escritorio. Una mano derecha, puños blancos: emerge de la esquina izquierda de la imagen. En el centro, justo entre los hombros de los políticos, el testigo: la mirada fija (en algo interno), la boca horizontal (la falta de un beso), la camisa blanca (olor a detergente de limón), los cabellos grises (muy grises).

[Inf. Pág. 9]

PÁGINA 9: El encabezado o cabezal o balazo —los nombres de las primeras, llamativas, fatales, contundentes, definitivas frases no carecen de su grado de violencia. El lenguaje no carece de violencia. La carátula. La portada. La cubierta. Todo eso no carece de violencia. Lo que está aquí, frente a tus ojos, no carece de violencia. La violencia no carece de violencia.

¿Y la niña?

¿Y por qué habría de conservar la razón ante la muerte? ¿Por qué habría de fingir que la castración no era también mi propio miedo? ¿Por qué no tendría que escribir en mi tercera persona del singular y moverme, como pez, en la orilla del tiempo? ¿Por qué no? Firma: Tu igual.

....

EXTRA DE *LA MENTE DE LA DETECTIVE* /
PRECIO $4.00 / N.° 14421
¡MACABRO! HOMBRE DESNUDO
EN UN CALLEJÓN / HUELLAS DE TORTURA

Foto: Cuatro paramédicos alrededor de una camilla: móvil / estrecha / blancas las sábanas / tiras color mostaza. Tres hombres, una mujer. Dos con tapabocas azules, dos sin tapabocas. Uno con casco, tres con las cabezas desprotegidas. Guantes blancos. Codo flexionado. Cola de caballo. Estetoscopios sobre el pecho, alrededor del cuello, plateados. Hojas de papel. Cruces rojas. Pared. Pedazos de aluminio. Un cuerpo: inmóvil / horizontal / camisa roja: en el centro de la fotografía. Su paso por el mundo. Su paso por la velocidad. Un cuadro donde predomina el color crepuscular.

[Inf. Pág. 9]

PÁGINA 9: La niña no carece de violencia. La niña. El iris. La pupila. El ojo. Este ojo abierto. Este ojo tuyo. No carecemos de violencia.

La tortura sí existe.

....

¿Y por qué no podría ser también ella y estar dentro, muy adentro de su cabeza, viéndolo todo desde ahí? ¿Por qué no poblar / llenar / suplir a todas las personas de la conjugación estival? ¿Qué me lo prohíbe? ¿Quién me lo prohibirá? Atentamente: Tu igual.

....

EXTRA DE *LA MENTE DE LA DETECTIVE* /
PRECIO $4.00 / N.° 14421
OTRO CASTRADO
LA POLICIA SIN PISTAS

Foto: La sangre sobre el rostro, salpicado. La sangre bajo el cuerpo: un charco. El cuerpo sobre el asfalto, bocabajo. El filo, mercurial. La línea de un horizonte muy lejano. La línea de la mano cuando se rompe. La ruptura: ensangrentada, la mano. El sexo. ¿Qué hemos hecho de los dones del sexo?

[Inf. Pág. 9]

PÁGINA 9: ¿Qué se hace a la hora de ver morir? ¿Se vuelve la cara a la pared? ¿Se oculta el arma como el que acaba de matar y calla? ¿Se vomita sobre el miedo propio y, luego, se vuelve a vomitar sobre el ajeno? ¿Se tiembla sin parar? ¿Se escribe, mentalmente, un periódico en cuya cubierta cuelguen los encabezados del día, anunciando todos y cada uno de los fracasos del inconsciente?

¿Y la niña?

....

Años después, al caminar alrededor de un lúgubre parque al lado de una mujer, sus manos apenas entrelazadas, Valerio evocaría que, justo en el momento en que había visto el cuerpo del cuarto hombre castrado, había recordado, y esto con súbita claridad, que en su edificio vivía un saxofonista. Se trataba, en sentido estricto, de un hombre joven que estudiaba música en un instituto especializado y que, cada tarde, con una disciplina que desafiaba los cambios de clima y de ánimo, practicaba su instrumento. El saxofonista, al que rara vez veía en las escaleras del edificio, era su Hombre Sin Cara. Había pensado en eso, recordaría años después. Había pensado que, si de eso dependiera su vida, no podría dar una descripción del rostro de ese vecino que repetía ejercicios de música en el piso de arriba. A medida que el ritmo de la música atravesaba el cuadro de su memoria, movilizando todo en su interior, en el interior del cuadro de su memoria y en el interior de su cuerpo, Valerio pudo ver con mayor claridad la silueta de la Increíblemente Pequeña quien, como si fuera una mujer de dimensiones humanas, se contoneaba a la par de las notas del ejercicio musical. Pero eso solo lo recordaría después. Muchos años después.

60

IGUAL MUEREN LAS MUJERES Y LOS NIÑOS

En alguno de los días posteriores, mientras tomaba un vaso de agua en la vivienda de la Detective, reflexionaría acerca de las extrañas reacciones que le provocaba la lectura de los mensajes firmados con el nombre de una mujer, de varias mujeres. Vería por la ventana sucia el mundo iluminado por la luz de la primavera y podría, al mismo tiempo, verse a sí mismo leyendo uno a uno los papeles a medias anónimos, engañosos. Cosa de reflejo. Materia de vidrio. Los leía tantas veces como el vértigo o el sinsentido tardaba en llegar. Los leía a solas y en voz alta, acompañado de lápices y en el centro de su habitación de soltero. Los leía junto a la Increíblemente Pequeña, que le enjugaba a veces las gotas de sudor o lo distraía con sus demandas de hermana o de pájara. Los leía en el baño, imaginándose un nuevo crimen, temiéndolo. Los leía y se cubría los genitales —un joven más que, de súbito viejo, extrañaba un mundo que antes había sido mejor. Mucho mejor.

—Alguien —murmuraba con rabia—. Alguien se está divirtiendo con todo esto.

—¿Y qué hay de malo en divertirse? —preguntaba con su ignorancia de liliputense la Increíblemente Pequeña. Pero él movía la cabeza de izquierda a derecha, le acariciaba la minúscula mata de cabello, y veía hacia afuera a través de la ventana sucia del departamento de la Detective y tomaba otro trago de agua y nada de eso le producía ni afán ni sosiego.

—¿Es una mujer que posa de mujer siendo un hombre? ¿O es un hombre que es lo contrario y su revés? —se interrogaba a sí misma la Detective, sin dejar de verlo. Al día. A Valerio.

—¿Es un monstruo como tú y como yo? ¿Una aberración de la narración? —El sinsentido, como se lo temía Valerio, cada vez llegaba más pronto. Iban de un lado a otro como moléculas, temiendo lo peor. Cortejando lo peor. Produciendo lo peor.

—¿Y los penes? —Entonces, ya sin poder decir nada más, tomaban agua como si se encontraran en una isla desierta, bajo la mítica palmera comba de sol. Nada, ninguna voz alrededor.

En años posteriores, en sus recuerdos de viejo, Valerio pensaría una y otra vez en esas conversaciones delirantes con la bondad que solo produce, y eso a veces, el paso del tiempo. Vería los ojos desorbitados de la Detective y volvería a sentir esa misma ternura bífida y dura, esas ganas de removerla por dentro. Por fuera. Vería sus manos, su vientre, sus empeines y volvería a experimentar la ilusión de todo aquello. La confusión. El enigma del cuerpo. Bajo los álamos, a las orillas de lúgubres parques periféricos, deslizándose a veces como el hombre joven que ya nunca volvería a ser, sentiría de nuevo el violento deseo de llevarla consigo, pegada a sí, dentro de su bolsillo. Una piedra. Un boleto para el circo. Una llave. Una navaja. Oiría, entonces, con gran atención, el estruendo de los pájaros negros que, escondidos entre las frondas de los árboles, aturdirían el cielo.

—Esto es lo que se hace para evitar un abandono —le murmuraba a la punta de sus zapatos—. Uno envejece y se encorva y recuerda.

La respiración agitada. El sonido de la sangre pasando por las sienes. El graznido demencial de los pájaros.

—Uno envejece y se encorva y recuerda.

Hablarían de los sospechosos todo el tiempo. De los posibles sospechosos. Tratarían de establecer un perfil del asesino investigando con todo detalle, como lo aconsejaría cualquier experto en homicidios seriales, los rasgos característicos de su manera de firmar. Una rúbrica macabra. Su refrendo. El primer nombre en esa lista letal sería el de la escritora. No solo había sido ella la Informante inicial sino que, además, su oficio, ese extraño oficio, les provocaba preguntas constantes. ¿Qué hacía en realidad además de pasar horas enteras frente a la pantalla y sostener charlas banales con alumnas casi adolescentes? ¿Era leer verdaderamente un oficio? ¿Cómo regresaba a la realidad después de hundirse, por horas, en mundos que no existían más que en la imaginación provocada por las letras impresas en una página? ¿No sería alguien así, alguien que había leído, además, a Pizarnik, y que lloraba ante el recuerdo de alguno de sus poemas, tal como lo había constatado la Detective en más de una ocasión, la culpable? ¿No tenía ella, como lo decía el experto en asesinos seriales, esa malsana curiosidad de «mirar por dentro»? ¿Sería suficiente esa curiosidad como para abrir la herida? ¿Y no era eso, a fin de cuentas, escribir? Las preguntas se habrían multiplicado hasta el infinito de no ser por la aparición del segundo nombre que sería, en realidad, varios nombres de mujer, todos falsos. La autora, o supuesta autora, de los mensajes bajo la puerta había desistido demasiado pronto como para obtener una impronta de su carácter no textual, un viso de su vida real. ¿Y había, se preguntaría con mayor frecuencia la Detective, algo a lo que se podría llamar en estricto sentido la vida real? Pensarían, y terminarían por descartar, el nombre de la Periodista de la

Nota Roja que verdaderamente era periodista; el nombre de dos instaladores locales con una cierta afición entre incomprensible y morbosa por asuntos materiales de la morgue; el nombre de un limpiador de ventanas, hombre joven y ágil, que llevaba un libro de bolsillo, precisamente en el bolsillo, mientras limpiaba los altos ventanales del edificio de la escritora. Todos, sin embargo, tendrían coartadas o demostrarían de una manera u otra que no habían estado en el lugar del crimen a la hora indicada.

Pensarían en la posibilidad de que el asesino fuera una mujer, y la explicación de los hechos se transformaría entonces en un asunto ideológico cuya base sería eminentemente emotiva —cosa de celos y rabia, despecho, impotencia—. Pensarían en la posibilidad de que el asesino fuera un hombre, y así las castraciones se convertirían en un asunto erótico cuyo fundamento sería del todo sexual —cosa de poseer la masculinidad del otro, arrebatándola; cosa de penetrar y arrancar. Con frecuencia pensarían incluso en la posibilidad de que el asesino fuese un asesino y una asesina combinados: un caso extremo de identificación en el que él o ella intentaba alcanzar a su contrario o a su igual, rápida y por ello violentamente, a causa del deseo de alteridad. Por fuerza del deseo alterado. ¿Una escritora entonces? ¿Una periodista de la nota roja? ¿Un limpiavidrios? ¿Un par de instaladores? ¿Quién podría escapar a esa clasificación? ¿Quién a ese incesante deseo? Valerio, por días enteros, mientras se encargaba de proteger a la escritora, también se dedicó a observar, con la calma tensa que recordaría de su quehacer en esos días y puesto que pasaba muchas horas merodeando el edificio, al limpiador de vidrios.

En sus recuerdos, el Hombre Joven siempre aparecería en su extraña posición de ave: colgado al ras de una ventana, mirando mundos imposibles hacia el interior. Los graznidos entre todo eso. Arriesgaba su vida pero, aun así, se remontaba a las alturas para hacer posible que los encerrados pudieran tener una vista clara del exterior. En su opinión, tal como se lo dijo a Valerio, pocos reparaban en ese exterior, contentándose con mirar, en su lugar, la ventana del televisor.

—Al menos —le había dicho—, así respiro aire libre. Y miro el mundo desde arriba. ¡Si oyera ese silencio! —Valerio volvió la cabeza hacia el cielo y fue consciente, por primera vez en mucho tiempo, de la calidez del aire. Su olor.

—Pero debiste haber visto la nota pegada a la ventana —insistió Valerio, mostrándole el pedazo de papel incriminador—. ¿Cómo crees que alguien que no limpiara ventanas podría llegar a pegarlo por fuera?

Este es mi último mensaje. Disculpa, pero me pongo sentimental. Con ustedes dos no se puede, son una verdadera lata. Por eso desisto. Porque ustedes no lo harán.

Dejo la página pegada al cristal de la ventana de tu cuarto, por fuera, para que, al entrar junto con la mujer esa que no tiene imaginación, justo cuando las dos se queden inmóviles a causa de la sorpresa y del pavor, piensen que puedo ser un hombre que limpia ventanas en edificios altos o que puedo ser un ave mecánica o que soy tú misma, Cristina, o ella también. La Detective.

Ahora se detienen ¿verdad? Ahora se aproximan. Ahora colocan las manos sobre el cristal (como tú a veces, como tú algunas noches) y no lo tocan. El mensaje es intocable. Lo acaban de descubrir. El mensaje es intocable. El mensaje está al otro lado del vidrio.

Les dejo, pues, la sospecha.

(Sí, esto es una risa. Esto es, de hecho, una carcajada. Sí).

El Hombre Joven meditó su respuesta sin dejar de tocar el papel. Hizo cálculos. Exhaló con discreción.

—Con suficiente tiempo, es posible, desde adentro, abrir la ventana y desatornillar las mallas. Asomarse un poco, estirar el brazo. Algo así. —Se quedó callado, dudando de lo que acababa de decir.

—¿Y si no hubiera el suficiente tiempo?

El Hombre Joven volvió a meditar. Esta vez le regresó el papel a Valerio. Hizo cálculos de nueva cuenta. Exhaló.

—Es solo un segundo piso —murmuró—. Alguien ágil y con los zapatos adecuados podría escalar por la parte posterior del edificio y alcanzar, sin mayor problema, esa ventana.

—Alguien podría haberte pedido que lo colocaras tú, ¿no es cierto? —lo interrumpió Valerio, deseoso de acabar cuanto antes con el juego. Su juego.

—Es del todo posible, sí. —Estuvo de acuerdo y bajó la vista—. Y mucho más sencillo.

Los dos se observaron. Luego, como si lo hubieran planeado así, los dos se volvieron a ver la amplitud del cielo.

—¿Y qué lees ahora? —le preguntó un rato después Valerio, señalando el libro que asomaba del bolsillo de su overol.

—Capote —dijo de inmediato, con voz de conocedor—. *A sangre fría* —se detuvo por un momento y luego añadió—: ¿Sabía que esta es una historia de amor?

Una historia de amor. La frase resonaría en sus oídos mucho tiempo, toda la vida incluso. Pensaría en ella, en la frase, años después, cuando se enamorara, reticente y tardíamente, de la Mujer de la Gran Risa Iluminada. Ponderaría entonces una y otra vez, conforme el peso de la soledad adquiriera más peso que el de su pasado, si todas las historias de amor eran, en realidad, historias hechas a sangre fría. Esa connotación. Se diría que sí finalmente. Se rendiría. Y avanzaría con ella, a su lado y de su brazo, hacia una vida en común. *Uno envejece y se encorva y recuerda.* Una vida conversada. Una vida que produciría recuerdos.

La Increíblemente Pequeña lo notó antes que nadie. Se lo dijo con su usual inocencia, con su característica falta de malicia, con su intacto sentido de celebración:

—Hace mucho que no muere un hombre —Valerio, que aún temía, se volvió a verla con interés. Bella durmiente que despierta.

—¿Mucho? —La voz incrédula. El eco que se difumina.

—Días enteros. Días de sol y días sin sol.

Valerio dejó de leer los mensajes apócrifos y retiró la mano de su bragueta. Cuando se incorporó fue para servirse un vaso de licor. Estaba repentinamente radiante. Los ojos enajenados y vacíos. Las manos en el aire. Tomó el teléfono para comunicárselo a la Detective y, sin detenerse a pensar, se lo dijo.

—¿Lo has notado ya?

—El aire va más ralo —le contestó. Zozobrada. La voz desde un abismo.

—Hace mucho que no muere un hombre —susurró muy cerca de la bocina, cómplice en acción, espía—. ¿Lo has notado ya?

El silencio de los aparatos domésticos. El tiempo. Todo el tiempo. Tanto tiempo.

—¿Y qué más da? —lo interrumpió sin ánimo, con amargura, la Detective—. Igual mueren las mujeres y los niños. Igual siguen muriendo las mujeres y los niños y los hombres.

De todo ese tiempo, de eso que denominaría *los días más difíciles de mi vida*, se quedaría con los vestidos diminutos con los que arropaba a una Mujer Increíblemente Pequeña que era amiga de una pájara. A la Mujer de la Gran Risa Iluminada le diría que eran reliquias del pasado, fetiches. Las cosas que había logrado salvar después de la muerte de su hermana.

—No sabía eso —le diría ella, dolida, deseosa de saber más, mientras tocaba con una delicadeza indecible, con una resignada tristeza, los minúsculos ropajes. Las yemas de sus dedos amplificados de súbito por la desproporción—. No sabía que tuviste una hermana.

—Sí —le contestaría con la distracción natural de hombre viejo después, mucho después, detenidos ambos bajo un álamo, tocando la corteza de su tronco—. Una hermana. Mi igual. Una mujer con un secreto.

El estruendo de las aves negras. Las frondas trémulas. El tiempo. El paso del tiempo. Y el espacio. Más espacio.

—¿Tu hermana tenía un secreto? —oiría la pregunta como si esta hubiese atravesado los largos caminos terrizos, sombreados por la tormenta, de aquella risa. Se volvería a verla entonces, buscando algo que no estaba ahí. Y lo constataría una vez más: eso no estaba en ningún rostro, en ningún rostro que no fuera el de su imaginación.

—¿Y quién no lo tiene, mujer? ¿Quién no?

La Mujer de la Gran Sonrisa Iluminada cavilaría un poco y seguiría avanzando. El lento rasgar de los pasos. La respiración. El atardecer que se estaría yendo.

—Una hermana que te amó —diría luego, sin soltarlo del brazo, como si estuviera sosteniendo otra conversación.

Algún transeúnte diría más tarde que los ancianos hacían eso con frecuencia. Caminaban por la orilla del parque y se detenían, cansados quizá, bajo un árbol. Lo tocaban. Examinaban su corteza. Elevaban sus rostros sombreados por las manchas de la edad hacia su amplia fronda serena. Algo se decían, confesaría él, algo lo suficientemente chistoso o lo suficientemente imposible como para hacerlos reír de aquella manera.

—¿Como yo? —le preguntó la Increíblemente Pequeña cuando lo vio temblar de rabia o de miedo. Los pómulos cubiertos de acné. Los ojos casi fuera de sus órbitas.

La volvió a tocar con sus enormes yemas. Huellas dactilares como cordilleras. La colocó sobre su palma abierta. Sopló sobre su cara: los cabellos bajo un vendaval. La vio saltar hacia el vacío. Guardó silencio.

Oyó.

—Como tú, Pequeña —susurró Valerio—. Igual mueren los que son como tú. Igual siguen muriendo.

Cric. Pocas veces los huesos. Crac. La cuerda floja. Pocas veces todo eso.

Dama pequeñísima
moradora en el corazón de un pájaro
sale al alba a pronunciar una sílaba
NO.

VI

GRILDRIG

She gave me the name of Grildrig, which the family took up, and afterwards the whole kingdom. The word imports what the Latins call nanunculus, the Italians homunceletino, and the English mannikin.[1]

JONATHAN SWIFT

Ganas de hacerme pequeña,
sentarme en mi mano y cubrirme de besos.

ALEJANDRA PIZARNIK

1 «Me impuso el nombre de Grildrig, que fue adoptado por la familia y después por todo el reino. La palabra significa lo que los latinos llamaban *nanunculus*, los italianos *homunceletino* y los ingleses *mannikin*».

61

PUEDO QUITARME EL PANTALÓN, SI GUSTAS

En el sótano. Sobre un banco redondo, de metal. El hombre que la espera está ahí: en el sótano, bajo la intensa luz artificial de la oficina, sentado sobre el banco que da vueltas. Una esquina. La Detective no lo reconoce de inmediato, pero tampoco necesita preguntar su nombre. Los ojos: habitados, negros, juntos, llenos de curiosidad. El cabello: entrecano, corto, singular. La barba: recortada, hirsuta, masculina. Las manos: pianísticas.

—Necesito tu ayuda. —La voz: agua en un pozo. Algo hondo. Algo estomacal. Oscuro.

—¿No has leído los diarios últimamente? —Le da la espalda—. Soy, lo que se dice, un fiasco. Uno verdadero.

Una cierta manera de entornar los ojos.

—Anoche —tartamudea. Luego se detiene. Extiende el brazo: se arremanga la camisa—. Anoche, en la calle.

La Detective se aproxima. Ve el brazo y, después, como si no pudiera creerlo, lo toca. La piel: ingrávida. Azules las venas. El vello abundante. El hombre se desabotona la camisa y, descubriendo el hombro, trata de mostrarle la espalda.

—¿Hay más? —pregunta, en un susurro. Los dientes que muerden el labio inferior.

—Puedo quitarme el pantalón, si gustas.

La Detective cae sobre su silla, junta las manos bajo la barbilla, los índices uno contra otro, los dedos entrecruzados. Piensa o reza. Lo ve. El-Hombre-Que-Era-Él-A-Veces es más delgado de lo que se imaginaba. Ahí, sobre el banco que crece o decrece a voluntad, se ve también más joven. Un adolescente casi. Un adolescente con canas y corbata. Calzado de piel. Saco de pana.

—¿Violencia doméstica? —le pregunta. Una sonrisa oblicua en el rostro. La indiferencia, expedita—. Deberías escoger mejor a tus amantes.

—Anoche —insiste él, sin verla, atajando su ironía sin darse cuenta—. En la calle. No lo reconocí. Fue muy rápido. El alcohol. El golpe sobre la nuca.

En ese momento: el mido de la electricidad: los pasos presurosos del otro lado de la pared blanca: el latido del corazón.

—Yo ya no llevo el caso —murmura después de un rato—. No creo que pueda ayudarte.

Inmóvil, el hombre. Impávidos sus ojos. El cuello. Un cuadro de Modigliani.

—Yo creo que tú eres la única que puede ayudarme —le dice él, sereno. Una extraña firmeza en la voz.

La Detective todavía lo observa a su manera: la cabeza hacia abajo, la mirada hacia la corona del cabello.

—¿Y por qué habrías tú de creer algo así?

—Los diarios nunca dicen la verdad. —La sonrisa: lejana, apenas ahí, monalisamente.

—Te equivocaste de oficina —le dice.

—O tú te equivocaste de oficina —contesta él, partiendo.

62

EL HIELO AL OTRO LADO DE LA VENTANA

—No vas a poder vivir con esto encima, ¿verdad? —oye la pregunta y aún sin volverse a ver a quien la plantea contesta que sí con un repetitivo movimiento de cabeza. El hielo al otro lado de la ventana. La luz del alumbrado público. El vaho de la respiración.

—Eso no es lo peor —contesta en voz alta, al fin. Un leve carraspeo.

—¿Qué es?

—Lo peor —se oye decir— es que no me voy a poder morir con esto encima, ¿me entiendes?

La Dama Pequeñísima, con quien sostiene una conversación en la que no cree, le responde que sí. Dice que sí la entiende. La Detective sonríe, le da la espalda a la ventana y le acaricia los cabellos.

—¿Y no te parece que ya es hora de dormir? —murmura con una dulzura exagerada. El tufo de ron en la voz.

—No me trates como a una niña —oye que le dice—. Que no lo soy.

—De acuerdo —contesta la Detective, en paz. La mirada otra vez en el ventanal.

Hekinah degul. Tolgo phonac. Borach mivola. Quinbus flestrin.

63

Y A TI, ¿POR QUÉ SE TE OCURRIÓ ESO?

Se lo preguntó en muchas ocasiones. El Hombre-Que-Era-Él-A-Veces nunca dejó de preguntárselo. Cuando la Detective que había llevado el caso de los Hombres Castrados se presentó ante él sin invitación alguna, sin una cita siquiera, por pura casualidad (eso dijo), se lo comunicó tan rápida y llanamente como pudo. Le confirmó que sí había sospechado de ella.

—Pero eso fue hace tiempo —mencionó también, en un tono que más bien parecía una disculpa atrasada—. No sé si lo recuerdo bien.

La Detective entonces lo había conminado, con mucho tacto, con una dulzura acaso femenina, a recordar.

—Es importante —aseguró.

—¿Para quién?

—Para los muertos —había dicho la mujer de las uñas cortas, viéndolo—. ¿Para quién más?

El Hombre-Que-Era-Él-A-Veces lo pensó por un largo rato. Miró su tarro de cerveza, su reloj de pulsera, a los otros hombres del lugar. El barullo lo distrajo. Las imágenes del televisor. Le dio otro trago a su cerveza. Se limpió el par de labios carnosos, denotativos, ávidos.

—Podría ser importante, también, para ti. Para tu carrera —le dijo a final de cuentas—. Eso no me lo podrás negar.

La Detective se vio a sí misma: las sobras miserables, los fragmentos, la debilidad física. La debilidad mental. La indisciplina. Su mundo. Un mundo de impulsos sin frenar. Un mundo sin fondo, sin forma. Un fondo donde siempre terminaba por caer: la tentación. Su cabeza estrellada en el suelo de una alberca vacía, azul. Lo que no debería de pasar: un montoncito de huesos delgados como palillos. Cosa que se quiebra. Cosa mental.

—Eso se cerró hace tiempo —farfulló y no añadió nada más. No le explicó si se refería al caso o a su carrera o a ella misma. La mirada sobre nada en particular. Los dedos tamborileando sobre la superficie de la mesa. El barullo del lugar. Las imágenes del televisor. Los hombres. Los otros hombres.

—Entiendo —susurró el hombre de cabello entrecano, brillante, corto. La voz como un pozo de agua. Algo fresco y hondo, de otro lugar. Algo estomacal.

Le dijo que quería empezar por el principio, y él le respondió que no había principio. Que su historia carecía de principio. Que cualquier historia que mereciera el nombre no era más que la continuación de otra: o su difuminación o su postergamiento. La Detective pensó que esas palabras eran ajenas y le pidió, también, que recordara el motivo. El motivo inicial. Él le contestó que los motivos no existían. No para eso. Luego enumeró todos los que pudo concebir. Al final le dijo que estuvo con la Sospechosa porque ambos creían en eso, en la imposibilidad. La imposibilidad de estar juntos.

—¿Estuviste? —El énfasis en el tiempo verbal.

—Así es —le responde, como si fuera obvio o como si no entendiera lo que ella le preguntaba.

—Entonces fue que empezó a pasar todo, ¿no es así? —lo interrumpió la Detective—. Justo entonces.

—Los asesinatos. Los mensajes. —Arrugó los ojos como si solo hasta ese momento se le hubiera ocurrido tal conexión—. En ese tiempo, sí. Siempre pensé, de hecho, que nuestra cercanía tan súbita se debió, sobre todo, a todo eso.

—¿A los asesinatos?

—A todo —interrumpió, hastiado—. Al otro hombre que acababa de partir. Al olor a muerte. Al miedo que da vivir así, a punto de perderlo todo, siempre.

—¿Fue entonces que supiste que ella era la primera sospechosa del caso?

El-Hombre-Que-Era-Él-A-Veces soltó una carcajada. Se volvió a ver la pantalla del televisor y, sin prestarle atención a las rápidas imágenes, sacó una cajetilla de cigarros del bolsillo de su saco. Eligió uno sin verlos, sin darle la cara a ella tampoco y, de la misma manera, distraída, abismada, lo encendió. Aspiró el humo con avidez y lo expulsó después, casi inmediatamente, con un mido goloso. Carnosos, los labios. Estriados.

—A ella le pareció gracioso que yo lo pensara así. —Le guiñó un ojo—. No fui el único, además.

—Y a ti ¿por qué se te ocurrió eso? —lo interrumpió la Detective—. No es la idea más romántica del mundo —mencionó en voz cada vez más baja, arrepintiéndose en el acto de decir lo que estaba diciendo, volviéndose mejor a observar lo que tenía alrededor.

Se reunían en el bar donde la Detective lo había encontrado apenas semanas atrás. Se colocaban uno frente al otro, alrededor de una mesa circular, justo antes de que llegaran los clientes en busca de la hora en que pagaban dos bebidas por el precio de una. Hombres jóvenes. Estudiantes. Desempleados. Ese tipo de algarabía. El Hombre-Que-Era-Él-A-Veces y la Detective preferían el silencio de la media tarde. Una tierra baldía. La tregua de la hora de la comida; la sobremesa. Entonces ella encendía una pequeña grabadora. Entonces él empezaba a hablar. Y luego, con frecuencia, ella se arrepentía. Ocultaba los ojos. Viraba la cabeza hacia la barra, la pantalla, los otros.

—No sé por qué se me ocurrió eso, pero sí fue lo primero que pensé —dijo—. Pensé que ella sería capaz. Que con toda seguridad me lo estaba contando para saber si yo sabía de lo que ella era capaz.

—Pero algún motivo debiste haber tenido —confirmó la Detective.

—Definitivamente.

—¿Dudar así de una mujer con la que mantienes una relación íntima?

—¿Dudar? —preguntó después de darle otra chupada lenta, amplia, larga al mismo cigarrillo—. Nada de dudar. Estaba seguro. Siempre lo estuve.

—¿Por qué no la delataste?

Las manos: largas, finas, huesudas, suaves, ambarinas, pianísticas. La barba: hirsuta, recortada, masculina. El suspiro: estridente, obvio, sexual. Humo de tabaco oscuro sobre todo eso.

—Porque lo que te cuento, mi querida Detective, es un asunto de ficción —dijo en voz cada vez más baja. Los ojos habitados, juntos, curiosos—. Se trataba, después de todo, de una historia de amor.

—Hay cuatro hombres castrados en el caso.

—Más —le dijo él, obligándola a recordar. Haciéndole saber que él sí recordaba su fracaso. El fracaso del Departamento de Investigación de Homicidios.

—Más, sí. Hay más de cuatro cuerpos reales en todo esto. Muchos más —lo aceptó. Luego bajó la vista, estiró la mano para tomar el tarro de cerveza. Bebió. Guardó silencio.

Hay un hombre y una mujer alrededor de una mesa circular. La única luz que ilumina la escena es el haz de un potente reflector que da de lleno sobre la espuma de la cerveza. *Víctimas de las preguntas: ¿quién me está matando?, ¿a quién me estoy entregando para que me mate?* Hay un hombre. Una mesa. Un haz.

—No voy a pedirte ayuda —le dice al fin, tartamudeando—. Me gustaría que me ayudaras. Que alguien lo hiciera. Que a alguien le importara. Pero no voy a pedirlo.

Los oídos: abiertos, en estado de alerta, una red dentro de la cual yace un par de mariposas muertas.

—Entonces es cierto que nunca pudiste encontrar evidencias —murmura—. Un caso tan brutal y tú sin evidencias. Ni motivo. Ni arma. Ni pene. Nada. Eso fue lo que produjo tu investigación. Nada.

—Eres el hombre que sabe demasiado, ¿no te parece? —susurra la Detective. Un tarro de cerveza entre los dos. La cabeza hacia abajo. La mirada hacia arriba. El-Hombre-Que-Era-Él-A-Veces justo en el centro, en la mira.

—Era lo que te pedía hace tiempo, ¿te acuerdas? —le pregunta después, mucho rato después—. En tu oficina.

—¿Qué?

—Ayuda. Te pedía ayuda.

—Claro, sí. Ayuda. Pero yo no voy a suplicarte.

—¿Por qué habría de hacer yo algo así?

—¿Qué?

—Ayudarte, por supuesto.

—No sé —le contesta mucho rato después también, sin verlo a los ojos—. No sé por qué harías algo así. Por miedo, tal vez. Por venganza. Porque estuviste a punto de morir. De verdad que no lo sé.

Hay una mujer y un hombre alrededor de una mesa circular. Afuera la lluvia se transforma en aguanieve. El invierno no acaba de pasar.

Habían peleado la noche del ataque, efectivamente. El motivo pudo haber sido cualquier cosa. El malhumor. El cansancio. Un vaso de agua. Los celos. Él había salido (y todavía recordaba el portazo: definitivo, sonoro, ferétrico). Buscaba alcohol, por supuesto. Alcohol y ruido. Buscaba un lugar donde no lo reconocieran como la mitad de una unidad. Un uno de dos. Una mítica media naranja. Le pidió al taxista eso: que lo llevara a un lugar de moda, caro, anónimo. Cuando descorrió las cortinas rojas y se introdujo en un sitio bochornoso y maloliente supo que el lugar no sería caro pero sí subterráneo. Eso le bastó. La música deforme. El volumen. El aroma a sexo y cigarrillos. Se sentó en la barra y, cuando los pies de la mujer aparecieron frente a él, alzó la vista. Ella abrió las piernas ligeramente y, con ayuda de un dedo de larga uña, retiró apenas la tela que cubría su vulva. El-Hombre-Que-Era-A-Veces-Él se asomó ahí. Un rincón húmedo, eso imaginó. Un paraje de peculiar suavidad. Algo mullido. La mujer se dio la vuelta y, doblada, con la cabeza entre las rodillas, el cabello en forma de cascada, le mostró su ano. Boquita fruncida. Boquita sin pintar. Colocó un billete bajo el zapato de plataforma y, ya de pie, arrojó su mano hacia el interior del cuerpo femenino. La tibieza. La humedad. Lo que había imaginado. Deseó estar más adentro. Deseó entrar completamente. Suplantarla. Ser la mano que se protege del frío bajo la tela del guante. Ser ella. Ocluirla. Ser el cuerpo secreto de la mujer. Ver por sus ojos. Sentir lo que ella estaba sintiendo. Abierta. Habitada.

Tardó en salir. Cuando lo hizo, sintió que regresaba de un largo viaje o que nacía. Algo descompuesto o reacomodado en su interior. Algo radicalmente nuevo. Descorrió las cortinas rojas por segunda vez, ahora en sentido contrario y, ya en la calle, ya con el viento nocturno sobre la cara, ya cuando se enrollaba la bufanda alrededor del cuello, oyó los pasos. Un repiqueteo. El eco enorme y creciendo todavía más dentro de la noche vacía, dentro de su cabeza. Deseó que fuera ella, la mujer. Oyó el eco de los pasos y deseó, con un deseo avasallador, que siguiera siendo ella. La mujer suplantada. Iba a volver el rostro cuando lo cubrió la oscuridad. Una mano enguantada sobre sus ojos (una venda). El forcejeo. La mano que intentaba alcanzar la bragueta. Ninguna palabra mientras tanto. Ningún grito. Solo él y el terror. Solo él y el terror y el forcejeo de los cuerpos. La súbita certeza del final. Recordó las fotografías del periódico. Lo que quedaba después: los desechos, los fragmentos, las ruinas miserables de un cuerpo. La carnicería de las vísceras. Un dedo aquí. Un falo allá, en otro lugar. El lugar desconocido. Una terrible saña: el choque de dos voluntades o más. Esa extraña poesía cubierta de sangre y de ojos. Quiso correr, pero no pudo. Quiso orinar. Se le doblaron las rodillas. Quiso caer. Eso es lo último que deseó antes de entrar en una oscuridad aún mayor: caer. Un atroz deseo de ceder. Y luego, al final, no supo cómo, vino el despertar. El dolor de los huesos. El ojo sobre el pavimento.

Lo primero que vio cuando por fin levantó los párpados fue su rostro. El rostro de la Sospechosa Inicial. Posaba una mano sobre su frente y lo miraba con ternura. Le costó trabajo asociar ese gesto con ella, la mujer con la que había reñido, por un motivo cualquiera, la noche anterior. Sus dientes blancos le causaron angustia. Todo blanco en su entorno. Todo silencio. El cuarto de un hospital.

—Tuviste suerte —murmuró en su oído derecho sin retirar la mano de su frente. El aroma a pasta de dientes. La presión sobre sus dedos. La sensación de estar sobre un peñasco, frente a un abismo. El aire alrededor. No supo quién de los dos dijo «esta vez».

Hay un hombre y una mujer alrededor de una mesa circular. La lluvia ha cesado afuera. El aguanieve. El invierno a través de la ventana.

—Tengo miedo —le confiesa—. Mucho.

La Detective lo observa sin cambiar la expresión de su rostro. Ese gesto.

—Por supuesto —dice.

64

RELPLUM SCALCATH

—No quiero volver a tener esa discusión contigo —oyó decir—. No quiero que me lo vuelvas a preguntar.

—De acuerdo, Grildrig —dijo la Detective sin asomo de irritación—. No lo volveré a hacer. Mejor come. Sigamos comiendo.

El sonido de la sopa cuando es aspirada por la boca. El aroma a verduras cocidas: esa suavidad. La calidez del entorno. Una mesa pequeñísima sobre la mesa. Una silla de juguete. Una vajilla de plástico. Dos mujeres.

—Necesito un bosque —escuchó que decía—. Una pecera.

Aspiró el aroma de los pinos después de la lluvia y, sin pensarlo, se introdujo por los senderos oscuros. Eucalipto. Níspero. Oyamel. Los pies en el lodo. Los zapatos fríos. Las nubes. El paisaje la sedujo.

—¿Para qué necesitarías algo así? ¿Un bosque? ¿Una pecera?

—Para descansar, naturalmente —escuchó con gran claridad la respuesta.

Después de mucho debate, concluyeron de manera unánime que yo era un relplum scalcath, *lo que interpretado literalmente es un* lupus naturae: *una determinación muy de acuerdo con la filosofía de Europa, cuyos profesores, desdeñando la vieja versión de las causas ocultas, a través de la cual los seguidores de Aristóteles intentan en vano disfrazar su ignorancia, han inventado esta fabulosa solución a todas sus dificultades para el asombroso avance del conocimiento humano.*

—Por supuesto —murmuró la Detective—. O tal vez crees que el miedo es un bicho ávido de tu futuro —afirmó luego. Constató su falta de reacción. Después siguió comiendo.

65

LA TESTIGO

Se sentó sobre la banca del parque, bajo las ramas secas de un álamo. Desde ahí, tal como se lo había dicho la Periodista de la Nota Roja, tal como lo había leído en los mensajes de la Viajera del Vaso Vacío, podía observarse con gran facilidad la ventana de la recámara de la Profesora. Le fue fácil imaginarla detrás de la cortina: la mano sobre el vidrio, de noche. Una estatua. Se preguntó si seguiría viviendo ahí, pero no supo si quería averiguarlo en ese momento. Lo tuyo, recordó que esto le había dicho, es cuestión de una total falta de talento. En todo caso, no se incorporó. No tocó su puerta. Mejor introdujo sus manos enguantadas en los bolsillos de su abrigo y así, inmóvil, observó lo que ocurría en su entorno: los corredores, las carreolas, los perros. El lodo frío. La ventisca. Las hojas. Después de un rato, con la bufanda enrollada alrededor del cuello, emprendió el regreso a su sótano. La cabeza gacha. La moneda sobre la pared: una línea. Los pasos. Ya bajo la luz artificial garabateó un par de anotaciones en una libreta. Y luego, frente a la pantalla de la computadora, se dedicó a llenar informes sobre el tráfico de estupefacientes en la zona norte de la ciudad.

Hizo eso varias veces más, sin ningún cambio de rutina. Iba al parque, se sentaba sobre la banca indicada, y se quedaba inmóvil, observándolo todo. A veces abría una bolsa de estraza de la que extraía un sándwich, una zanahoria, una manzana. Comía despacio, con la cabeza en otra parte. Masticaba concienzudamente cada bocado. Lo deglutía sin saborearlo apenas. Luego se incorporaba, se enrollaba la bufanda alrededor del cuello, y se iba.

Si le hubieran preguntado qué buscaba ahí, no habría podido responder inmediatamente. Si alguien la hubiera notado, si su presencia hubiera provocado la curiosidad de algún asiduo al parque, ella habría titubeado con toda seguridad. La boca abierta y el intento, infructuoso, por decir algo. Un gemido apenas. El gesto desesperado de un mudo. La sensación de estar usurpando un lugar. Habría guardado silencio si alguien la hubiera increpado, y luego, con ese arrojo de los tímidos, solo habría podido decir la verdad: que no sabía lo que hacía ahí. No tenía la menor idea de lo que buscaba.

Lo supo después, sin embargo, con total certeza. El mediodía (inusualmente soleado) en que vio al Hombre-Que-Era-Él-A-Veces entrar en el departamento de la Sospechosa Inicial (el paso raudo, la frente en alto, el brillo en la mirada) supo por qué había pasado tantas horas en esa banca, bajo las ramas secas del álamo. Así que no había estado, sino que estaba con ella. Presente del indicativo. Si alguien le hubiera planteado la pregunta, le habría dicho, sin lugar a dudas, «soy testigo de una historia de amor. Soy una *voyeur*. ¿Es que no se da cuenta?». Después se habría reído de sí misma.

66

UN FRASCO DE FORMOL
UN FRASCO DE CONSERVAS
UNA MUESTRA

La noticia la estremeció. Electricidad pura en la parte superior de la columna vertebral y, luego, un calor inusual por todo el cuerpo. Los muslos. Los antebrazos. Los dedos. Se detuvo frente a la barra de la cocina y, con un pedazo de sándwich dentro de la boca, vio la pantalla. No masticó. No pudo despegar los ojos. No pudo cerrar los oídos. Ahí, en el pequeño rectángulo luminoso, la Detective lo vio. La Detective vio el frasco de vidrio. El frasco de vidrio al que se había referido la Viajera del Vaso Vacío. Adentro: un pene. Adentro. La Detective estuvo a punto de marcar el número telefónico de Valerio. Decir: Valerio, pero en el último segundo alcanzó a reaccionar. Un hombre joven, de brazos largos y dientes sucios, contaba ya la serie de sucesos que lo habían llevado a encontrar el frasco recargado sobre una enorme roca en un terreno baldío.

—La roca estaba muy cerca de un sauce —murmuraba con una voz temblorosa y fascinada, sin dejar de ver de reojo el contenido del frasco que sostenía en la mano derecha—. Un sauce —repetía. Los ojos hacia la cámara, exuberantes. La urgencia de transmitir algo, de hacerse entender, de seguir dentro de la pantalla. Cuando apagó el televisor, la Detective pudo ver con toda claridad el rítmico vaivén de las largas ramas secas. Un cuadro lleno de melancolía. La roca. El frasco que, con todo esmero, había sido colocado en su base.

—¿Así que después de todo sí quieres que te encuentre? —la pregunta al aire. El momento de la deglución.

Se lo había preguntado tantas veces: y si el pene no está en el cuerpo, ¿dónde está? La pregunta la agobiaba. Si no estaba en la calle, apéndice extraviado. Carne de mi carne. Si no aparecía. Si continuaba desapareciendo. Caminaba y se lo preguntaba, incesantemente. Dormía. Platicaba. Comía y se lo preguntaba. ¿Debajo de dónde? ¿Dentro de qué? Años así. A veces la náusea. Además de la electricidad, no supo con exactitud qué más recorrió su esqueleto. Estaba inmóvil, pero podía sentir el movimiento brusco y accidentado de sus moléculas. El recorrido de la sangre: un torrente. El latir turbio del corazón. La peculiar sensación de haber recibido un mensaje personal: eso la embargaba. La sensación de ridículo. Una repentina falta de aire. La sensación de estar leyendo de más, y entre líneas, un libro maldito. Sobreinterpretación. La sensación de estar presenciando la jugada, elegante e inusual, del apostador empedernido que, por tener todas las cartas en las manos, tiraba una sobre la mesa con tal de no quedarse solo, sin juego, sin contrincante. Había alguien que se estaba divirtiendo con todo esto. Alguien no había cesado de divertirse con todo esto. La respuesta la agobiaba: el pene está en un frasco de vidrio junto a una roca, debajo de un sauce. Intacto.

Un frasco de formol. Un frasco de conservas. Una muestra.

El recuerdo llegó completo a su cabeza: una hilera de frascos de vidrio en la estantería de un museo. Había niños, muchos. Ruido. Entraban uno a uno, de la mano, clase de Ciencias Naturales o de Biología o de Química. Algo básico.

La puerta monumental. Los pasillos estrechos. Las voces de súbito apagadas, susurrantes. Ahí los había visto por primera vez perfectamente alineados sobre una repisa de madera. Ahí estaban: los frascos de vidrio. Afuera: etiquetas con nombres. Adentro: cosas indescifrables. El aroma a cosa guardada. La pestilencia del formol. Ella se había acercado con suma cautela.

—¿Sabes qué es? —le había preguntado su profesor, un hombre de corbata y cabello engominado y pelos en la nariz. Un hombre adulto.

—No —le había respondido con timidez. Las manos cruzadas en su espalda. Científica en ciernes.

—Es un feto —le informó una boca maloliente que se aproximó tanto a su oreja como para que temiera una mordida—. Un feto deforme —repitió. Los dientes podridos. El aliento de una caverna.

—Esto es una oreja —escuchó. El dedo índice sobre la superficie transparente. Se volvió a verlo. El Hombre Adulto observaba el contenido del frasco con una fascinación extraña.

—Esto es una mano de seis dedos —continuó.

—¿Y qué hacen aquí? —Se había atrevido a inquirir, estupefacta.

—¿Tú qué crees?

Se lo preguntó primero a sí misma, ¿ella en realidad qué creía?, pero no pudo darse ninguna respuesta. Ella no creía nada. No podía creerlo, de hecho. No podía creer lo que veía. El rostro del Hombre Adulto. La colección de frascos en los anaqueles. Una lección de Ciencias Naturales. Algo básico.

Un frasco de formol. Un frasco de conservas. Una muestra.

¿Qué merece conservarse más que el deseo?, había preguntado la Viajera del Vaso Vacío. Eso recordaba. Eso constató en las copias de los mensajes que buscó a toda prisa entre sus libreros desorganizados. La letra pequeñísima: una hilera de hormigas. La tinta como vino y como huesos. Mensaje n.º5. La consistencia de objeto robado, eso había escrito también. Alguien no tiene pene. Alguien quiere un pene. ¿El famoso caso de la envidia? *¿Crees que signifique algo, Cristina?* ¿Un hombre que busca recuperar algo que perdió? ¿Una mujer que quiere lo que nunca ha tenido? Justo en ese momento tuvo unos deseos enormes de increparla, de demostrarle de una vez por todas de lo que ella era capaz. Ella, que no era.

Un frasco de formol. Un frasco de conservas. Una muestra. Tomó su abrigo y salió a toda prisa rumbo al Museo de Historia Natural.

67

ES LA CLAVE LA INFANCIA

Digo que estoy aquí, piensa la Detective. Coloca las manos sobre el volante. Presiona el acelerador. Su rostro, la imagen de su rostro, un reflejo de su rostro sobre el parabrisas. Digo que esta es la lluvia. La lluvia cae. Lo natural de la lluvia es caer. Maneja. El rojo a través del cristal húmedo es un rojo diluido. Un rojo monstruoso. Digo que el frasco de vidrio es real y real es la Viajera del Vaso Vacío y el cuchillo. Avanza. A vuelta de rueda, avanza. Eso siente. Respeta las señales de tráfico. El color rojo. Digo que estoy sola en esto. Esto es un túnel el ojo de la aguja un par de zapatos el latir del corazón. Algo que tiembla dentro: el pulso, el sexo, la respiración. Digo que escribe. Alguien escribe mensajes. Esto es un mensaje: estoy sola en esto. Manejo. La velocidad. Esto lo piensa. Digo que lo imaginado como imposible, lo descartado como inútil, es real. El miedo es real: el miedo no es real. El miedo es. Quiero que me lean: ese es el mensaje. El pene es la clave. Digo que nada de eso está dentro de mí. Manejo. Soy un manojo que maneja. Voy por la ciudad, piensa. Piensa en el sauce. Valerio. Decir: Valerio. Las ramas del sauce moviéndose con el aire en el aire. Un vals. Necesita algo, otra cosa, una herida adrenalina. Es el pene la clave. Digo que ver su rostro es una proposición singular, piensa. Mi rostro sobre el parabrisas, dice. Lo ve. Lo veo. Digo que todo es real. Avanza. Un sauce. El ruido del claxon que se trasmina. Un chirrido. Metal contra piedra. Sierra. Digo que todo parece estar frente a mí, está frente a mí parece, piensa. Una mano que sale de la oscuridad quiere ser descubierta, no quiere ser descubierta, quiere atrapar la oscuridad. Digo que yo soy la oscuridad. Las ganas de matar, las siente. El instinto homicida, lo siente. Piensa que ella es la oscuridad. No es tan descabellado querer matar, poder, no poder matar. El calor en la mano, en el dedo, la punta de los dedos. La ira: un color rojo detrás del parabrisas. Un rojo malherido. Es el pene la clave. El mensaje es el formol. Lo natural de la lluvia es caer la lluvia cae la. Cuestión de esperar. Alguien se divierte con todo esto. Alguien quiere jugar, escribir, leer. Alguien quiere ser leído. Digo que soy una analfabeta, piensa. Lectores hinchas, repite. *Que si me siguen leyendo tan atentamente dejo de escribir, lectores hinchas, les digo.* Todo esto lo dice. Presiona el acelerador, el pecho, la risa. Morirse de la risa. Las manos sobre el volante. La frente. Una analfabeta, dice.

Cuando se asoma a los frascos de vidrio que todavía están sobre los anaqueles del Museo de Historia Natural, Grildrig, que nada; Grildrig que abraza a un pez de cola anaranjada, que coloca las palmas de las manos contra la superficie del vidrio; Grildrig que emite burbujas de oxígeno por su boca abierta, dice:

—¿Y por qué creíste que la clave es la infancia?

La Detective tiene prisa. Avanza aprisa por los anaqueles. A esto se le llama respirar. Luego, se detiene. Lo hace sin pensar, sin sentir, sin dudar. Las paredes del cuarto, de eso se da cuenta en ese momento, son de color verde.

—Esto es un pene —murmura el Hombre Adulto muy cerca de su oído. El aroma de caverna: algo antes del tiempo. La actitud encorvada del secreto o la humillación.

—¿Y qué hace aquí? —le pregunta. Su boca menuda, rosa, abierta, muy cerca de la enorme nariz. ¿Puede un eco ser una melodía? Digo que estoy aquí, piensa la Detective. Lo repite. La yema del dedo índice sobre la superficie de la vitrina que protege muestra esconde los frascos. Mi rostro sobre el vidrio, murmura, viéndose. Digo que estoy sola en esto. Cuando cuenta los frascos sobre el anaquel, uno dos tres cuatro, se vuelve a ver al vigilante. Respira.

—¿Desde cuándo trabaja aquí? —le pregunta al salir. Sus lentes (de marco de carey), su vientre (amplio), sus maneras (parsimoniosas). El hombre la observa, estupefacto. Cuando le señala, por fin, el pequeño aparato de sonido que cubre su oreja derecha, la Detective se lo vuelve a preguntar.

—Desde hace tantos años que ya ni recuerdo —exclama él, de inmediato. Festivo.

Digo que todo parece estar frente a mí; está frente a mí, parece, piensa. Una mano que sale de la oscuridad quiere ser descubierta, no quiere ser descubierta, quiere atrapar la oscuridad. Digo que estoy sola en esto.

68

PUDISTE HABER SIDO TÚ

Plata sobre gelatina. Doce por veinte centímetros. Blanco y negro. El rostro. El cuerpo. La castración. Doce imágenes. Una selección. Algo cruel. Una estética.

—Lo negro aquí —le dice, señalándolo en el recuadro— es sangre.

El-Hombre-Que-Era-Él-A-Veces guarda silencio, una copa de vino en la mano derecha. Perfume de alcanfor. Como si hiciera falta aclararlo.

—Pudiste haber sido tú —murmura la Detective, arrepintiéndose en el acto de decir lo que dice—. Pero —añade.

Él ve las fotografías. Toma la primera por la esquina superior derecha, la observa, y la coloca detrás de la última. Una vez. Otra. Una vez más. Hombre con baraja. Un juego de poker: ningún gesto.

—¿Quién las tomó? ¿El forense? —pregunta. Los ojos: habitados, juntos, llenos de curiosidad.

—Yo —murmura la Detective, avergonzada de súbito.

El Hombre-Que-Era-Él-A-Veces sonríe. Más un estallido que un fulgor de labios. Más una luminosidad extravagante que una cálida luz. Luego, calcetines oscuros sobre la duela, se desliza, aproximándose. Un gato o algo un poco más grande: un leopardo. El suave rasgar de los pasos. El tirante silencio.

—No eres una profesional —le dice—, pero podrías serlo, ¿lo sabes?, ¿sabes eso? —El sonido del minutero en alguna parte de la casa. El sonido de la sangre cuando arrecia dentro del cuerpo. El sonido del auto cuando arranca y, luego, cuando se aleja. El olor a llanta quemada. Todo aquí. Todo ahora.

—No soy una niña —afirma con suma lentitud, mirándolo de frente—. No te confundas.

Más un estallido que un fulgor, la sonrisa.

—Todo mundo sabe que no eres una niña —dice en el mismo tono sereno, hondo, juvenil—. Que nunca lo fuiste —añade, guiñándole un ojo, el ojo izquierdo—. Todo mundo lo sabe.

Más una iluminación que una cálida luz, la sonrisa. Más un calcetín que un leopardo, el acercamiento. La duela. La casa de él. Más una puerta cerrada que una espalda, su silencio. Más una bofetada.

—Pudiste haber sido tú —dice, repitiéndose a sí misma diciéndoselo a él. El aire que cambia de lugar. Otro coche, en algún lado. Lo ve con atención. Recuerda, ahora, mientras la máquina se aleja, que él había aparecido cuando la muerte. *Solo la muerte nos avienta con tanta furia hacia el cuerpo desconocido.* Que el Hombre-Que-Él-Era-A-Veces sustituyó a otro de Risa Iluminada. Intenta recordar. Regresa. *Por qué no preguntar quién carajos habla.* El deseo de preguntarle por él, ahora. Por el otro. El deseo de preguntarle por el otro, el hombre abandonado. ¿Puede un hombre ser la solitaria del desierto y la viajera que amenaza y la niña de metal? ¿Era Alejandra Pizarnik un hombre? La víctima o el asesino, ¿qué es lo que pudiste haber sido tú?

—¿Quieres que identifique algo? —le pregunta, tomando las fotografías de los hombres castrados de nueva cuenta, alejándose.

Ella lo ve como a través de mucho polvo. Una duna. Otro país.

—Algo, sí —murmura la Detective—. Algo que no sé.

Observa, sin recato alguno, el bulto entre las piernas. Constata su tenue endurecimiento. Su manera de crecer.

—Entiendo.

—Tú eres el que ha estado más cerca —dice, bajando la mirada. Digo que soy una analfabeta, piensa—. Eres el único que ha escapado vivo de todo eso.

—Entiendo.

El ruido del minutero, sutil. El rasgar de los pasos.

69

DELGADAS LIGADURAS

El hombre yace en la hierba, la cual es muy corta y suave, y duerme ahí mejor que nunca, calcula que unas nueve horas, puesto que, al despertar, ya hay luz del sol. El hombre intenta incorporarse, pero no puede moverse porque, como yace boca arriba, se da cuenta de que sus brazos y piernas están atados con gran fuerza a cada lado del suelo; su cabello, que es largo y grueso, está atado de la misma manera. El hombre siente unas delgadas ligaduras a lo largo del cuerpo, desde las axilas hasta los muslos, y solo puede ver hacia arriba: el sol brilla cada vez más y molesta sus ojos. El hombre oye un ruido confuso cerca de él, pero desde la postura en la que yace no puede ver nada, excepto el cielo. Pronto, siente algo que se mueve, vivo, por su pierna izquierda, algo que, avanzando delicadamente sobre su pecho, casi llega al mentón. Cuando el hombre inclina la mirada tanto como le es posible, cree percibir que se trata de una criatura humana…

Grildrig escala. El arco atraviesa su torso; las flechas, en la espalda, en el carcaj. Suda. El esfuerzo que ocasiona remontar un hombro. Su redondez. Su suavidad. Un atajo después: la oreja. El pómulo. Grildrig jala el párpado con ambas manos y lo logra: ve el ojo. El iris inmóvil, café. Un café muy claro. Un café que es casi amarillo. Un bosque en otoño ahí, dentro del iris dentro del ojo. Secas, las hojas. Melancólico, el bamboleo que deposita las hojas en el suelo lleno de hojas. Los labios, apenas una cicatriz en el rostro. Grildrig introduce la mano. Luego introduce un pie. La humedad. La punta de la lengua que. Cambia de opinión y, después de subir al mentón, se desliza por la resbaladilla del cuello. El esternón. El vado del estómago. La vellosidad. Un cuerpo, piensa mira toca saborea. Esto es un cuerpo. Avanza. Luego se detiene. Aquí, piensa, declara, señala. Aquí es la herida. El corte, preciso. La sangre. Las vísceras. El adentro. Grildrig se sienta en el borde de la herida, las piernas colgando la mirada avistando el adentro. La curiosidad. La tentación. Las ganas de. Salta. Grildrig salta. Grildrig está adentro.

Una mujer está dentro de un hombre. Una mujer increíblemente pequeña husmea, esculca, nota. Una mujer anota: hay una mujer dentro de un hombre. Hay delgadas ligaduras a lo largo de su cuerpo, del cuerpo del hombre. El hombre que yace, inmóvil, solo podría, si pudiera, ver el cielo.

Grildrig se abre paso adentro, adentro del hombre. Suda o se embarra de lo viscoso. El esfuerzo de caminar por el interior. Grita por gritar, por escuchar su propio eco. Gelatinosa la materia. La oscuridad. El frío. Esto es un estómago, declara. Esto es un nudo hecho de venas. Un páncreas, esto. Nominal, Grildrig acomete. Carne de mi carne, declara.

Cuando emerge, los brazos en alto, ese brillo en la mirada, cuando la cara embarrada de sangre, saliva, lágrimas, Grildrig. La Detective lo ha observado todo. La Detective la toma con su mano derecha, la coloca sobre su palma izquierda.

—Necesitas un bosque —le susurra y, aún así, Grildrig se cubre los oídos—. Necesitas descansar.

Grildrig no la escucha. Grildrig pasa la lengua, una vez y otra, sobre sus labios cubiertos de la materia viscosa. Más una tarde de verano que un rayo de luz, su suspiro. Más el placer.

El brillo en la mirada. La suciedad de sus ropas.

70

RECIBE ESTE AMOR QUE TE PIDO

La idea del fracaso. Una mujer de uniforme azul vive, respira, duerme con el fracaso. El fracaso soy yo, así se llama el juego. El fracaso que es un frasco fresco. Un asco. La Detective golpea la pared blanca de su oficina. Puño. Pie. Puño. Puño. Otro hombre. Le avisan, antes de que salga en los diarios, que otro hombre.

—¿Dónde? —pregunta—. ¿Dónde exactamente?

—Misma área.

—¿Misma firma?

—Esta vez lo ató.

—El poema quiero decir —interrumpe—. ¿Cuál es el poema?

—Recibe este rostro mío, mudo, mendigo. —Lee en voz alta, con grandes pausas, tomando su tiempo entre respiración y respiración—. Recibe este amor que te pido. Recibe lo que hay en mí que eres tú —concluye, abatido. La voz trémula.

El campo de acción. La poesía. Digo que soy una analfabeta, piensa. Lectores hinchas, ¿cómo se lee?, ¿qué cosa?

—Un pañuelo bordado en su mano derecha —oye la descripción—. Perfume de azahar.

—Hilos en el pañuelo —murmura la Detective—. Hilos en el cuerpo.

Se miran los dos: ojos como llaves. Ese brillo. El deseo, que se aproxima.

—¿Y tú de verdad crees que guarda los penes en un refrigerador? —Escucha claramente la pregunta.

—¿Quién?

—El asesino.

—O la asesina, ¿no es cierto? —pregunta. Guiña un ojo. Luego se da la vuelta. Luego dice para sí:

—En un refrigerador o en un museo, da lo mismo.

Luego.

Cuando se retira, cuando su espalda, su nuca, sus muslos, cruzan la puerta de metal y vidrio, la Detective no puede dejar de notar que es la primera vez en mucho tiempo que habla con Valerio. Decir: Valerio. El eco de su voz.

Recibe este rostro mío, mudo, mendigo. Recibe este amor que te pido. Recibe lo que hay en mí que eres tú.

Cuando ya no está ahí, cuando su ausencia es solo un aroma, la Detective recuerda que fue él quien le mencionó la existencia de una criatura pequeñísima alguna vez. Una mujer. Ese juego de niños.

Y luego ve algo que nunca antes vio frente a sus ojos: un Hombre de Risa Iluminada. Ese destello.

71

EL ADJETIVO, QUE CORTA

Las manos: trémulas, más blancas que las hojas cuando caen secas.

La voz: hueca, baja, oscilante.

La mirada: suspicaz, luz eléctrica, cabo suelto, mantarraya.

Los labios: estriados, pálidos, un rosa que solo he visto en sueños.

La pregunta: ¿Te enteraste ya?

La respuesta: Ya.

La pausa: un portazo, una bofetada, un paréntesis vacío, la respiración cuando, una manera de no estar.

La escena: dos cuerpos contra ventana, los álamos, un invierno.

Los personajes: un hombre, una mujer, la sospecha, el terror, el sexo.

La garganta: seca.

El título: *una historia de amor.*

La declaración: tú me das miedo.

Las palabras de Goya: lo peor es pedir.

Las imágenes: labio sobre labio, lengua, mano contra mano muslo, la respiración cuando, vellos, roces, el verbo restregar, saliva.

La repetición: solo la muerte nos avienta con tanta furia hacia el cuerpo.

Coda: un hombre una mujer a veces.

72

ESTO ES LO QUE LA GENTE HACE SOLA EN SUS VIDAS

Grildrig le cuenta a la Detective en voz muy baja:

Sopló sobre mis cabellos para ver mejor mi cara. Llamó a sus ayudantes y les preguntó (como me enteré después) si alguna vez habían visto en los campos una criatura parecida a mí.

Le dijeron que no, por supuesto. Y continuaron viéndome como si fuera un monstruo o una maravilla o un poco de los dos. Luego me preguntaron cosas, esto lo supongo porque se dirigieron a mí y emitieron sonidos atroces que no alcancé a distinguir.

Le contesté tan fuerte como pude, en varios lenguajes, y aunque él aproximaba su oído como a dos yardas de mí todo fue en vano porque éramos completamente ininteligibles el uno para el otro.

—Así que no pudieron entenderse. —Suspira la Detective, interrumpiendo el relato pero sin cambiar su posición horizontal sobre la cama. El techo, repentinamente alto, más blanco que.

—Así es —asevera la criatura con ligeros movimientos de cabeza—. Ni un poco así. —Los diminutos dedos índices casi juntos.

—¿Y piensas que te voy a creer? —murmura la mujer de dimensiones normales mientras se incorpora lentamente, resollando. El techo, de súbito, muy bajo. Una cárcel.

—Pues tendrás que hacerlo porque de otra manera no te podrás explicar por qué hice lo que hice.

—¿Y qué hiciste? —pregunta.

—Ya sabes —le dice, guiñándole un ojo—. Tú sabes de eso.

La Detective se paraliza y, luego, sin avisarle, levanta a Grildrig de la parte posterior de la blusa, las piernas colgando en el aire.

—No sabes de lo que estás hablando —le dice a la cara: una ráfaga de aire sobre sus pequeños cabellos—. No tienes la menor idea de lo que estás hablando —le repite con irritación, aventándola, acto seguido, sobre la almohada. El contacto casi imperceptible. Un par de plumas en el aire.

—Te arrepentirás. —Oye con toda claridad la amenaza. Y es entonces, hasta entonces, que salta de la cama y empieza a caminar por su departamento con la tensión y la ansiedad que la consume por dentro.

73

DE HABER SUCEDIDO

Muchos años después, tantos que, de hecho, parecería otra vida, cuando Valerio se resignaba ya a caminar despacio, la respiración permanentemente agitada, recordaría el día con total nitidez. Murmuraría: fue un día atroz. Todavía más atroz que los asesinatos. La Mujer de la Gran Sonrisa Iluminada lo dejaría relatar una historia que ya no estaba en condiciones de escuchar muy bien. Acaso por eso Valerio se atrevería a contar que el día en que el jefe del Departamento de Investigación de Homicidios apareció en la pantalla para dar la noticia, él no había hecho más que pensar en la Detective. Como si la noticia justificara su pensar en ella, como si de otra manera el acto resultara inconcebible. Sabía del anuncio público, sabía que era tan importante que no le dejaron la conferencia de prensa al detective que se había hecho cargo del caso. Sabía que ahí estaría, en las pantallas de todos los hogares, el hombre de traje oscuro y pequeños anteojos para dar la noticia. Valerio evocaría las horas que pasaron desde que se enteró de la información hasta el momento en que el rostro anodino de un hombre de mediana edad anunciara que el terror había llegado a su fin. Las horas, esas horas lentísimas, habían sido, eso lo recordaría a la perfección, de una tristeza absoluta. Son las horas de la derrota más absoluta, diría. No hubo quien lo convenciera de asistir a la conferencia, apostado a un lado de la multitud de periodistas. No hubo poder humano que lo apartara de la imagen del televisor tampoco. Quería constatarlo todo. Quería estar seguro de que lo que ocurría, lo que sabía que ocurriría ya de un momento a otro, no era otra más de sus pesadillas. Cuando el rostro emergió en la pantalla con la gravedad del caso, Valerio pensó que, justo entonces, la Detective debería estar en su cocina, mordisqueando un sándwich, hojeando un libro. La imagen de la mujer ignorante, la mujer que no sabía lo que estaba tomando lugar no muy lejos de su vivienda y en todo caso en la misma ciudad, le dolió dentro. Su soledad. Su inconciencia.

Hay un hombre en la pantalla y, luego, casi de inmediato, hay dos hombres. El primer hombre señala al segundo, describiéndolo. Dice: este es el asesino. Hay silencio. Una pausa. Luego aparece un comercial.

Tan pronto como vi el rostro del hombre de traje que, en voz grave y pausada, decía «se ha identificado y aprehendido ya al asesino de los hombres castrados», pensé en todos ellos. Imaginé la súbita desazón de la Detective que, inmóvil, con la boca abierta, no dejaba de observar los brazos largos, los dientes sucios del hombre que, apenas unos días atrás, había sostenido un frasco de vidrio en su mano derecha en una pantalla similar. Imaginé su incredulidad, la manera en que movió la lengua dentro de la boca para producir un leve chasquido. Su voz diciendo: lo que hace la gente para no. Imaginé el alivio del Hombre-Que-Era-Él, un suspiro largo. Imaginé que recordaba, como tantos otros, que el hombre, ese hombre, el segundo hombre, había pronunciado la palabra sauce muchas veces, sobre la misma pantalla, solo fascinación en su voz. Imaginé la sonrisa de una viajera que llevaba un vaso vacío en la mano derecha. Imaginé a la Periodista, cavilando. Me imaginé a mí misma, viendo la pantalla, incapacitada para separar los ojos de la pantalla, con los dedos sobre una boca paralizada y abierta. Luego ya no me quedó otra alternativa más que aceptar lo que estaba pasando.

Hay ruido, mucho. Ruido de micrófonos y de gente. El segundo hombre aparece detrás de unas rejas, el rostro sin expresión. El primer hombre explica que el segundo hombre ha confesado. Un psicólogo se encarga ya de explorar su mente, dice. Luego aparece un comercial.

La idea del fracaso. El esqueleto. El latir del fracaso. Una mujer de uniforme azul vive duerme respira el fracaso. Digo que soy una analfabeta, piensa. Cuando la Detective vio la noticia en la pantalla de su televisor no pudo evitar esbozar una sonrisa: más un tenedor clavado en el dorso de su mano que una exhalación. Más un funeral que un álamo. Lo que la gente hace para no.

Valerio diría, muchos años después, y esto a una mujer que ya solo escuchaba con dificultad, que ese día, justo después del noticiario, ese día había caído dentro de un sillón, las manos como un cuenco bajo el rostro, la rabia por todo el cuerpo. Ese día había estado a punto de incorporarse, de salir corriendo rumbo a su departamento, el departamento de ella. Había estado a punto de tocar su puerta y de decirle, a bocajarro, la respiración tan alterada como llegaría a estarlo muchos años después, en su vejez, estoy aquí para ayudarte. Continuemos con la investigación. Tengo tiempo. Tengo todo el tiempo del mundo. Continuemos hasta dar con el culpable.

—O con la culpable —habría dicho ella, la misma sonrisa socarrona y enigmática en la voz, guiñándole un ojo. El ojo izquierdo.

De haber sucedido, Valerio diría mucho tiempo después que, con toda seguridad, ella habría dicho exactamente eso: o con la culpable. Nunca cejaría, no sabía cómo le haría o por qué, pero sabía que no cejaría jamás. Apostaba desde entonces su mano izquierda, su ojo, su sexo.

Hay un hombre en la pantalla. Los ojos del hombre brillan, desaforados. Los ojos que miran de frente hacia la cámara, hacia el centro de la cámara de hecho, son los ojos de un hombre realizado. Las pupilas: abiertas y traviesas. Alguien, sin duda alguna, sigue divirtiéndose con todo esto en otro lado.

74

VERLA DORMIR

Descansa. Ahora descansa. Apenas un cuerpo, algo ínfimo. Cuando despierte, cuando recupere sus dimensiones de la vigilia, Grildrig. Pero ahora descansa. Un capullo apenas. Algo suave, dúctil, entre las piernas.

El Hombre de la Risa Iluminada la observa, fascinado.

Un destello.

Dos.

VII

LA MUERTE ME DA

Anne-Marie Bianco
[Editorial Bonobos, 2006]

75

EL EPÍGRAFE

Un libro —para mí, hecho por mí—, el viaje
de la conciencia por un estado.

CARIDAD ATENCIO

76

EL TÍTULO TACHADO

Años después, escribirá, para mí, puesto que yo soy quien lo pregunta, esto: ~~UN PEQUEÑO LIBRO DE LÍNEAS ROTAS~~.

77

CIERTOS LUJOS

Hace ya casi un año, en noviembre de 2005, recibí vía correo, y de manera por demás inusual (el paquete fue enviado al domicilio en el que viví solo hasta los trece años), el manuscrito de *La muerte me da*, acompañado de una pequeña nota en la que su autora me pedía que considerara dicho material para ser publicado dentro de la serie de poesía del sello editorial que dirijo. Desde luego, no solemos recibir este tipo de peticiones o, al menos, no de esta manera, ya que Bonobos es todavía una pequeña editorial independiente que privilegia en sus publicaciones a una cierta poesía, cuyo valor de cambio en el mercado editorial es casi nulo. Pero su nota no era sino el más pequeño de los enigmas que, casi por casualidad (hoy en día, ¿quién de nosotros tiene la suficiente paciencia y disposición para buscar a un antiguo inquilino a quien le llega un paquete, ¡y a quien ni siquiera conocemos!?), llegó a mis manos. El más grande, o el más obvio, era el nombre de su autora: Anne-Marie Bianco. En ese momento, no recordaba a ningún poeta, ya local o regional o, inclusive, continental, con ese nombre. Su apellido, sin embargo, me resultaba familiar. Días más tarde, y motivado por una circunstancia claramente ajena a estos asuntos, vino de súbito a mi cabeza el nombre de un escritor italiano —o al menos esa debería ser su ascendencia— que en los años sesenta y setenta publicó un puñado de poemas en algunas revistas literarias del país: Bruno Bianco. Pude recordar también, y esto gracias a [tachado] con quien traté el extraño suceso del envío, dos cosas más: primero, que durante algún tiempo se sospechó que Bruno Bianco era el seudónimo adoptado por un conocido grupo de poetas que solían reunirse con cierta frecuencia en una popular cantina de una colonia [ilegible] [sobrepuesto en letra manuscrita: llena de edificios muy rectos y casas cubiertas de vitrales]: el ya mítico Bar [tachado]; segundo, que la factura de aquellos textos dispersos era —si tuviera que definirla solo con dos palabras— rota e inquietante. Asimismo, [tachado] y yo pudimos recordar que en los versos de Bruno Bianco podía percibirse una extraña sensación de inasibilidad, rasgo que atribuimos a los temas elegidos por este raro poeta y a sus respectivos tratamientos. Al final, convenimos que estas características volvían inmune a la indiferencia el breve pero entrañable paso de Bianco por la literatura que conocíamos. Bruno Bianco: el nombre de un poeta que lleva, en las dos palabras que lo forman, una irreconciliable contradicción: Bruno (oscuro) Bianco (blanco). Bruno Bianco: extraño personaje que quizá jamás existió (al menos físicamente). Bruno Bianco: el poeta abstracto. Bruno Bianco: el poeta como señal. Y bajo ese influjo, releí los poemas de *La muerte me da* y, como se puede advertir, decidí publicar el libro. Estaba ya en el proceso de revisión de galeras cuando recibí una segunda nota de Anne-Marie Bianco, misma que llegó, como podrán suponer, a otro de los domicilios que hace mucho dejé de habitar. Esta vez me preguntaba sobre el dictamen. Me daba, además, una dirección y la fecha para un futuro encuentro. El día indicado, una media hora antes de la hora de la cita, me dirigí hacia el hotel de altos techos y vitrales coloridos donde me encontraría finalmente con la poeta. Me senté en el *lobby* y observé a mi alrededor. No sabía si esperaba a una jovencita, a una anciana o a un hombre maduro. De súbito todo parecía caber dentro del nombre, todo dentro de Anne-Marie Bianco: el cuerpo delgadísimo de la hija de un poeta inventado; la silueta de la mujer que, ya vieja, decide romper la careta de la masculinidad y dejarse ver; el diagrama del hombre que siempre fue o seguirá siendo. Mi desatino era tan claro que resultaba avasallador. Ahí estaba yo, el jefe de una pequeña editorial de provincia, esperando a un fantasma en el *lobby* de un hotel lleno de gente que, como yo, daba la impresión de estar perdida, de buscar algo. Anne-Marie Bianco, por supuesto, no se presentó a la cita. O acaso se presentó a la cita, pero evitó encontrarme. En todo caso, ese día, que era el día indicado, a una hora también indicada, no conocí a Anne-Marie Bianco. Nunca supe qué la movía o cuáles, además de su obsesivo rondar dentro de la poesía de Alejandra Pizarnik, eran sus lecturas. Nunca supe su edad, su lugar de nacimiento. Nunca la vi callar o sonreír. Pero una pequeña editorial independiente puede darse ciertos lujos. Este, por ejemplo: publicar a una autora sin rostro en un mundo donde el rostro se ha convertido en una especie de dictadura. O este otro: apostar por un texto, por un puro texto, por el texto. Este libro está, pues, en lugar de ese encuentro. Es el texto que, sin rostro, se abre con la parsimonia de una pregunta, de un acertijo. A los lectores les corresponderá, si así lo deciden, construir ese rostro e implicarse, si fuera necesario, en ese enigma.

Santiago Matías, editor
Bonobos

78

ESTA HERIDA
(QUE ES UNA PALABRA HERIDA)

I
EL LUGAR DE LOS HECHOS

Me pides una historia. Me [tachado]
un regreso: a la sangre (esa sangre): me pides

mis notas.

Una historia: Terror y conmoción causó. Un hallazgo. El cuerpo sin vida de un hombre. El interior de un callejón. La cara vendada. Atado de pies y manos.

Una manera de adjetivar: Brutal homicidio. Infortunado ciudadano. Trágico caso. Mayúscula sorpresa.

Una manera de narrar: ...las muñecas permanecían amarradas con cinta y los brazos estirados hacia enfrente de su cabeza...

El lugar de los hechos.
(¿Qué es un lugar? ¿Qué es un hecho?).

Una zanja. Un callejón. Una oscuridad. Una casa abandonada. Un esqueleto. Un bote de basura. Un féretro. Un departamento en esa esquina. Una esquina. Un parque. Un gemido. Un túnel. Una plena luz del día. Una calle. Una vía rápida. Una vía más rápida. Más.

Esta herida (que es una palabra herida): un hecho. Esta manera de quebrarse y de caer: un lugar.

[tachado]
Otro cuerpo sin vida. Otro ciudadano. Signos de mutilación. (una manera de enunciar).

¿Qué es una noticia?

Esto de morir frente a los ojos del público, esto
una manera de decir *mi muerte que me da en pleno sexo, es verdad*
emblemáticamente
un cierto olor a papel manoseado
signo de exclamación, signo de puntuación, signo de más
un exceso. Sí. Eso.
Un periódico.

Morir en el exceso de la mirada: morir frente a ti, abierta.
Morir en la lenta escritura de la palabra morir, sin remedio.

Me pides mis notas. Me pides mis ojos vueltos hacia atrás. Me pides (¿en nombre de qué me pides?) que de un paso y otro y me descubra, abierta como una noticia, desmembrada como tus muertos, frente al espejo de tu página. Tu deseo.

Me pides tantas cosas. De verdad.

Una manera de detenerse a pensar: Las primeras indagatorias. La víctima. Versiones preliminares. Todo por confirmarse.

79

PRIMERA PLANA (EDICIÓN VESPERTINA)

II
¡MACABRO!

Esta mañana
un hombre (de aproximadamente treinta años de edad): fue
descubierto sin vida
atado de pies y manos y vendado (de los ojos)
en una zanja.

(Así lo escribí yo).

La policía ya
(investiga el caso).

80

INDAGATORIAS PRIMERAS

III
El CUERPO Y LA LÍNEA

Son los días de los escritorios de metal, las pantallas en color verde, las sopas instantáneas. Los días de esas muertes, son. Los recuerdo. Lo recuerdo bien. Lo recuerdo todo. Mi vestido rojo. Mi hambre (siempre tenía hambre). Mi gusto por el corte súbito de la frase.

Nunca hablamos de Pizarnik tú y yo.

Nunca hablamos de su prosa. De sus problemas con la prosa. De su deseo por la prosa. De su deseo (insatisfecho) por la prosa.

Mientras los hombres morían (porque el destino de los hombres es morir) marcados por el objeto con filo, yo cortaba la frase. Gustosa
abría la línea (como el que abre una lata de sardinas) la probabilidad de otra línea. Bifurcaba
una mano a la derecha y otra mano a la izquierda

el cuerpo en medio, el cuerpo
marcado por la apertura de la línea
caía. Desangrado.
El cuerpo solo.

La Nota Roja anunciaba al día siguiente: nunca hablamos de la prosa.
Debemos hablar de la prosa. La prosa es [ilegible]. Cosa por hablar.

81

LA PERIODISTA DE LA NOTA ROJA Y LA MUERTE: UNA RELACIÓN

IV
IR Y NO VENIR

Ir al Ministerio Público y regresar del Ministerio Público. Ir a la muerte.
Hacer preguntas acerca de la muerte.
Tomar fotografías de la muerte. Callarse
junto a las imágenes de la muerte. Tener frío.
Escribir sobre la muerte. Sobre las preguntas acerca de la muerte.
Escribir: muerte. Separar las sílabas. Desentrañar letras.
Escribir la muerte. Abrirla.

(Una lata de sardinas. Una lápida. Una ventana).

No volver nunca de la muerte.
Quedarse en la muerte.

82

INDAGATORIAS SEGUNDAS

V
QUIEN VERSIFICA NO VERIFICA

¿Quién verifica la línea (algo que punza) (algo que entra) en el pecho de la aldaba?
¿Quién versifica la puerta y, bajo la puerta, la luz que se trasmina?

Te regalo la línea pordiosera inacabada letal.

Póntela en la puerta del cuerpo (la boca para que entiendas) (el orificio nasal) (el orificio sexual) (la rendija) la luz trasminada.

La línea entra y, entrando, rompe. La línea es el arma: [ilegible].

Una línea de coca.
Una línea de luz: una espada. Ese atardecer. Un horizonte.
Una línea de palabras (rotas aldabas).
Una línea de puntos (y de puntos y comas). Una línea de puertas semiabiertas.
La línea de tu falta. La línea de tu pantalón.

La línea telefónica (agónica).
La línea que te parte en dos.

¿Quién versifica? ¿Quién versifica al versificador?
¿Quién verifica?

El testigo soy yo.

83

¿QUIÉN CARAJOS HABLA?

VI
LA VÍCTIMA SIEMPRE ES FEMENINA

En el Ministerio (que es un lugar de los hechos) (un lugar de helechos) (de lechos).
En el cuerpo (que es público) (que está abierto) (que es un muerto).
En el tajo (dentro del tajo) (debajo del tajo, carajo) (en la raíz misma del tajo).

¿Quién habla ahí? ¿Quién es la primera persona de nuestro singular? ¿Dónde lloro?

En el helecho que calla: verde verderte, lugar. Verganza.
En lo que está abierto (que es el lugar de los hechos).
En la raíz misma del tajo (que es público) (que es un Ministerio).
En el cuerpo. Dentro del tajo. En la raíz misma del tajo.

¿Y por qué no decir escuetamente, estrictamente, sencillamente, que el cadáver yace bocarriba sobre la estrecha tabla del forense?

¿Por qué no decir que es febrero y [tachado] frío?

En el lecho (que es un cuerpo) (estrictamente).
Ante el muerto (que es una víctima) (que es femenina) (que es gramaticalmente).
Frente al público (que es el lenguaje) (estas líneas) (aldabas).

En la raíz: ¿Por qué no preguntar quién carajos habla?

Escuetamente.

84

LA PERIODISTA DE LA NOTA ROJA Y LA MUERTE: OTRA RELACIÓN

VII
ES VERDAD, LA MUERTE ME DA

En tu sexo
(armadura tajadura tachadura) (ranura)
en el aquí de todas las cosas del mundo, me da la muerte (que es este paréntesis) (y este)

huelo como miro duelo: una colección de verbos

la pájara del deseo en el nido: un agüero
es verdad, la muerte es verdad
me da, dadivoso dardo en duelo, en el sexo plural.

Primera persona. Habla, carajo, primera persona.
Mi boca.
Mi lágrima.
Mi bragueta.
Mi necesidad.

Mis notas. Tú quieres
mis notas
Do Re Mi Do Re Mi Fa Sol Sol.

La muerte es de verdad. Mi duelo. Mi escopeta. Mi sospecha. Mi culpa.

Primera plana: el cuerpo bocabajo. Los brazos atados y frente a la cabeza. El rostro cubierto de vendas. El pantalón: hasta la rodilla.

Veo ardo observo callo duelo: segunda colección de verbos.

Ya nada será igual.

85

LA IMAGINACIÓN FEMENINA

VIII
LA IMAGINACIÓN MASCULINA

Hay una gran explanada. Y, sobre la extensa explanada sin explicación, hay ráfagas. Ráfagas de aire y polvo. Ráfagas afganas. Una ventisca. Entonces aparece el cuerpo. Único y solo, aquí. Un velo verde sobre él, sobre el cuerpo. Una daga debajo de él, del velo. El culpable: el deseo de cortar. El tiempo en que el deseo madura: el filo. El proceso de afilar. El ruido del afilador. Un plan maestro.

La música del objeto que adelgaza al objeto. Piedra contra metal. A eso, en otros lugares, se le denomina *chirrido*. Las muelas apretadas. La piel en erizo. A eso, en otros lugares, se le denomina tener frío.

El juego se llama *yo soy*. ¿Quién camina sobre la explanada bajo la ventisca? Abajo del velo: un ella o él. Sobre el velo, con furia: la ráfaga. Algo camina sobre la página que no tiene explicación.

Un asesino o una asesina. Unas ganas de usar gafas. El juego se llama aquí. Se llama iracunda, la explanada.

Hay una enana en una mesa. Una cuerda floja. Una distancia de muchos metros: abismo abajo. Hay dos brazos que, extendidos, producen un extraño equilibrio. Hay una boca. Debajo de todo eso hay una boca. La boca dice: el juego se llama *yo soy*. La boca sale al alba y pronuncia la sílaba. Dice: No.

La mesa puede ser una explanada o una página. Música de metal contra piel: un alrededor. Ese chirrido.

Una explanada que es una mano limpísima. Blandir es un sinónimo de empuñar, un antónimo de soltar. La mano blande el arma y suelta todo lo demás. El fulgor. Surcos sobre láminas de cobre. Surcos en láminas de piel. Esto una venganza. Esto es.

Una mujer muy pequeña sabe.

86

LA SOSPECHA

IX
DENTRO DE TI DENTRO DE MÍ

El ojo se aproxima a la puerta (la aldaba).

Prevaricar aullar nublar dejar atrás: mi tercera colección de verbos.

Alguien dentro de ti alzó el filo dentro de mí
(la música que se oye es de insectos)
alguien dentro de mí elevó el grito dentro de ti
(el espacio que se atisba es del hambre más larga) alguien dentro de ti tocó el instrumento dentro de mí (una guillotina y su eco) (un botón) (el entrecejo) alguien dentro de mí cortó la mariposa dentro de ti (la roca en el despeñadero).

El ojo se cierra (animal serrado) y el insecto en el espacio del hambre más larga cae con el peso vertical de la hoja. La guillotina encalla.

Alguien dentro de ti cortó esa hoja dentro de mí (la enfermedad suspira)
alguien dentro de mí abrió la aldaba dentro de mí
(un grito largo)
(la música de la máquina)
(un sonámbulo).

Dentro de mí alguien dentro de ti cercena arranca extirpa mutila daña
(una cuarta colección de verbos).

Solo hace falta un bosque. Una niebla.

El ojo se abre dentro de ti (una puerta dentro de mí).
La aldaba sueña.

87

NECROPSIA
(UNA HISTORIA DE AMOR)

X
LAS ESCENAS VISIBLES

In situ: un cuarto, una habitación, un rectángulo, una página.
El cuerpo en el centro.
Una plancha. Una manguera. Una cubeta.

Un personaje de ficción: el cadáver.
Un personaje de ficción: el muertero.
(Una historia de amor).

Las herramientas: una sierra, un cuchillo, un martillo.
(Cosas del oficio).

La acción: la piel de la cara, hacia arriba. Una máscara. *Lo propio de la muerte es desnudar.* La sierra sobre el cráneo: el ruido y el olor a humo y a sesos. El cuchillo en el vientre, hacia arriba. Sobre el esternón, el martillo. Cric. Crac.

(Este no es un poema narrativo).

El escritor: un forense que anota lo que sale de adentro.
El lector: el ministerio público que testifica los hechos.
(Una historia de amor).

El olor a sangre sobre todo eso.

88

EL OLOR A SANGRE

XI
MINÚSCULO [ILEGIBLE] DESCRIPTIVO

Es como si hubieras vomitado por largo rato y, luego, vomitado todavía más (un amanecer, sobre una pared marcada por el lado más estrecho de la moneda. Esa línea). Lo que queda sobre los dientes machacados, detrás de los labios cuando se cierran, en la humedad humana de la boca. Las frases adversativas «agrio pero puntiagudo», «podrido pero etéreo», «acedo pero rojo».

89

EL INVIERNO ME DA MIEDO MIEDO DE QUE SE VAYA

XII
UNA CONFESIÓN

El vendaval. Eso pasó.
Las noticias. Las imágenes en las noticias. Las lágrimas de las madres.
Pasó (esto es una narración) el tiempo.

El filo pasó sobre el cuerpo. ¡Oh, tan cinematográficamente!

Close up: el poro abierto, la raíz del vello, el pliegue de la arruga. La suciedad.
Close up: el ojo que mira. La sangre que acaba de manar

la hoja (la guillotina) sobre el estrépito del pájaro el animal que soy. Una hipnosis.

El invierno me da miedo. Miedo de que se vaya.

Eso pasó: el día nublado.

La Gran Vidente se declaró la guerra a Sí Misma.
Y perdió el cuerpo.
Y perdió la aurora (y Aurora [tachado] es nombre de mujer).
Perdió la mano, centrífuga. Las estrellas retraídas.
Las uñas.

(Un ejército de muertos danza en la cabeza de un ángel que tiene un alfiler en el plexo).

Perdió el futuro (cosa de tiempo que se deslinda).

Todo eso lo vi en las noticias.

¿Y quién creó la planta, la bestia, el vencedor?
Haría frío (y eso también pasó).

Yo soy en realidad una periodista.

90

DIMENSIONES

XIII
EFECTO DE AMPLIFICACIÓN

La Mujer Enorme hunde su zapato sobre el césped.
Su ojo
un círculo como un halo alrededor del cielo. La mano
una lápida que cubre el andar de los insectos.
Astrales
los lamentos. Las culpas. Los me-arrepiento.

La contrición.

Todo para decir Saturno. Para decir: Nunca llueve.

La luz tan nítida.
Una mano circunda la habitación donde algo pasará.
La puerta, que se abre.

¿Alguien preguntó sobre la dirección que tomaría la hilera de las hormigas?

¿Alguien detuvo el desfile donde los muertos se disfrazaron de los muertos?
¿Alguien lloró, estupefacto?

Esas torres son el lugar donde se atiende a lo que continuamente posterga su llegada. Alguien decía eso de sus dos colosales piernas, de sus erguidas gramíneas, de sus minaretes de fábula.

Abajo: la llanura.
Abajo algo estaría por pasar y no pasaría y no dejaría de pasar.
El zureo de una paloma mansa.

La puerta, que se cierra.
Los mocasines silenciosos del que se va.

La Fastuosa, [tachado], [tachado], la Más Allá.
(Alguien decía eso de su manera de caer. De su manera).
La imaginada en la cámara del padecimiento crepuscular. La Más Que Vista.
(Alguien decía eso de una película personal).
[Tachado]. La que descalza se desliza por el inmenso dedal de Sí Misma.
La Mujer Enorme que vomita y, luego, vuelve a vomitar

(ese olor a tanta sangre, a más).

Abajo: la rodilla sobre el pavimento.
Ese temblor. La llanura como un duelo. Los nudillos rotos. Los escalpelos.

Todo para escribir *lo que escribo vela el cadáver del que no fui.*

¿Y por qué no caer? ¿Y por qué no caer con todo mi peso?
¿Por qué no caer rotundamente dentro del cuenco?

La Mujer Enorme entra en la habitación de La Mirada.
Tan nítida la luz.

El lamento.

91

COPISTA

XIV
HAZAÑAS CONTRA LOS MUERTOS

Me pides mis notas. Do Re Mi Fa. Do Sol. Mi pentagrama.
Mi memoria.
Te arrepentirás, te dije.
Un árbol enfermo de pájaros. Un animal triste.

Pedir es lo peor.

No entendí por qué o de qué
te arrepentirás. Y, por eso, correré aún más aprisa sin volver la vista, guiada

la mano invisible sobre mi pecho

(ese universo)
(una vez y otra, una y otra vez, una y otra más).

Allá afuera: *Great Deeds Against the Dead*. Allá adentro, Goya.

Una copia en el tiempo. Una incesante réplica. Un fingimiento.
¡Ah! Saña. Pedir (que es lo peor).
Dar.

92

CRÉDITOS

XV
LOS ORÍGENES DEL ARTE DRAMÁTICO

Dice Ismaíl Kadaré en su ensayo *Esquilo, el gran perdedor*, que las plañideras son «el primer proyecto del coro antiguo». A su cargo está el expresar por todos un dolor que no es propio. Plañir no significa lo mismo que llorar. El que plañe finge. El que plañe actúa. El que plañe pide las notas (Do Re Mi Fa Do Sol) porque pedir es lo peor. Obtener. [tachado].

93

TE ARREPENTIRÁS

XVI
UN LIBRO PARA MÍ

El eco y la mano del eco: una respuesta que no.
El origen del eco. Una savia
esa manera de estar en paz: algo resuelto.

Todo en su lugar.

¿Y qué es un lugar y qué un hecho?

El helecho lo entristece. El lecho. Un hecho.

Escribo un libro para mí. En voz alta
leo lo que me escribe y me desnuda

(desnudar es lo propio de la muerte).

La frase corta la página en dos. La lengua. El cuerpo.
Te arrepentirás, dice. En voz alta
el libro que escribo para mí me lee

(interpretar es lo propio de la muerte).

Hay un ramillete de brazos y piernas. Sesos.
Todo sobre la mesa que es un ataúd que es una puerta.

Algo se abre por dentro. Mira.

Yo pude haberte dado una llave. Yo pude
entregarte la paz.

VIII

NO LE DIGAS A NADIE QUE ESTAMOS AQUÍ

94

EL PROCESO DE TRITURACIÓN

Recibí *La muerte me da* por correo. No se lo había pedido, como parece indicarlo en algunas secciones de sus textos. Yo nunca le pedí sus notas. Nunca las quise. Simplemente recibí el pequeño libro en un sobre tamaño carta, color amarillo, a través del servicio postal universitario. Y lo abrí como abro tanta correspondencia inútil: sin entusiasmo, sin curiosidad. Todo esto a mediados ya del invierno, en un nuevo ciclo escolar. Un mundo ajeno. No exagero si digo que, una vez que terminé la lectura, tuve ganas de vomitar. El miedo o la ansiedad. La anticipación o el veredicto. Anne-Marie Bianco. Me volví a ver el recinto silencioso de mi oficina como si alguien estuviera a punto de tocar a la puerta. Todo parecía estar, de hecho, a punto de. Una mano gigantesca sobre una puerta diminuta. Y yo, ahí, todavía más pequeña. Y tú, preguntando: ¿es la ciudad un cementerio? Respingué. Inhalé hondo. Me dirigí hacia los ventanales: afuera, el mundo seguía su marcha bajo una ligera capa de hielo. El cielo gris. El cielo, luego, repentinamente azul. Un azul delgado y filoso. La ciudad es un cementerio, en efecto. No fue sino hasta que regresé a mi escritorio que volví a tomar el sobre y busqué, sin percatarme de lo infructuoso del gesto, los datos de quien lo enviaba. No había nada ahí: ningún nombre, ninguna dirección, ningún garabato. Estaba la estampilla cruzada por líneas de tinta negra. Estaban los rasguños característicos del traslado. Estaba mi nombre, que era el destinatario. Pero no había ningún dato de la Periodista de la Nota Roja, quien era, sin duda, la autora del texto. Anne-Marie Bianco. La recordaba apenas: así de poco singular era. Pero tan pronto como leí el libro, ese libro minúsculo, supe que se trataba de ella. Cuando marqué el número de teléfono de la Detective todavía tenía miedo, pero ya había empezado también la rabia. *Te arrepentirás*. La amenaza. La burla. Su interpretación de mí. Su recuerdo de todo eso. Esa manera de leerme y destazarme a un tiempo. Su análisis engañoso. *¿Por qué no preguntar quién carajos habla?* Su apropiación de los hechos. Su colección de verbos. Su traición. Cuando le dije a la Detective que tenía algo que podría interesarle, tardó mucho tiempo en reaccionar. Tú me veías, mientras tanto, empático. Los ojos llenos de un cierto estremecimiento; algo, en todo caso, íntimo. Tuve la impresión de que a la Detective le costaba trabajo, incluso, asociar mi nombre a una persona precisa, un rostro. Tuve la impresión de que tampoco recordaba el tuyo: tu rostro. Al final, como si su respuesta fuera resultado del azar o del cansancio, nos quedamos de ver en el restaurante que estaba del otro lado del Callejón de los Hombres Castrados. El olor a sangre vieja. El ruido de un escándalo lejano. El recuerdo borroso de los cuerpos. Esa pátina que. La Detective llegó puntualmente. Sus uñas cortas. Su mirada opaca. El acento extraño, casi imperceptible. Le entregué el libro de inmediato, casi sin detenerme a saludarla. El uniforme azul.

—¿Y tú crees que esto me puede interesar? —me preguntó antes de abrirlo. Luego lo leyó frente a mí, a toda prisa, como era su costumbre.

El proceso de trituración. El manar del juego. El extracto.

—¿Así que nunca hablaste con ella? —me preguntó, incrédula y enojada, apenas levantó los ojos de las páginas—. ¿Nunca hablaste con ella de Alejandra Pizarnik?

—No. —La confirmación como una aldaba ya para siempre cerrada. Serrada—. Nunca.

—*La muerte me da* —repitió la Detective en voz muy baja y con gran lentitud, como si estuviera tratando de recordar algo importante—. Un libro. Un libro muy pequeño, ¿verdad? Un libro hecho de líneas rotas.

—Como si quisiera inculparse —dije—. O eximirse. O eximir a otro.

La Detective sonrió y bajó la mirada. Algo había cambiado en ella, pero aún no podía detectarlo a ciencia cierta.

—Cada vez hay más —añadió, con sorna—. Pero la culpa sigue siendo muy difícil de probar.

Era el tiempo. La manera como el tiempo viajaba por su voz. Eso era parte del cambio que notaba pero que no podía identificar en su persona.

—¿Quién publica este tipo de cosas? —preguntó después, regresando al tema del libro, todavía ensimismada.

—Es una pequeña editorial independiente —dije, señalándole el nombre con el dedo índice—. Aquí está también el nombre del editor —añadí. La yema del dedo súbitamente amplificada sobre el tamaño de la letra.

El proceso de trituración. El manar del ácido. La pócima.

—Algunos dirían que esto es poesía, ¿no es cierto? —Me miraba de abajo hacia arriba, como cuando cavilaba—.

Una colección de líneas rotas. Una colección de ilegibles, tachaduras, corchetes.

Apenas si alcancé a decirle que sí y a decir que no al mismo tiempo. Tomé un trago de agua. Miré sus ojos, implorando.

—No se le ha olvidado nada —murmuré—. Vive en ese tiempo todavía. Podría hacerlo otra vez.

Las dos callamos por un largo rato. Vimos el techo. Vimos hacia los ventanales: un pordiosero asomándose, las manos a ambos lados de la cara, a través de ellos. Vimos hacia la jarra de agua. El líquido que temblaba.

—Descríbela otra vez, por favor —me pidió. Ya había tomado una pluma y una servilleta cuando dijo:

—Siempre me pareció un bosquejo, la preparación para algo que podía llegar a ser una mujer. —Era obvio que la recordaba—. Una caricatura tensa. Los planos de una casa a punto de ser construida o de caer.

La interrumpí. Lo que dije como en un trance fue:

—Tímida. Apocada. Repetía continuamente las palabras «en realidad», como si temiera no ser convincente de otra manera, como si tuviera necesidad de serlo. Eso. Convincente. Pelo lacio. Orzuela —continué—. Una cierta joroba en la espalda. Un mundo ahí, sobre sus hombros. Testaruda. Incapaz de recibir un no como respuesta. Necia. Imposible que su nombre fuera *en realidad* Anne-Marie Bianco. Manos agrietadas por el trabajo. —Me detuve entonces. En seco. La miré—. Manos agrietadas por un trabajo que no era, a todas luces, el de reportera.

—Maldición —masculló La Detective mientras marcaba otro número—. Valerio —susurró en la bocina—, ¿recuerdas el caso de los Hombres Castrados?

El proceso de trituración. El manar de la hiel. El tóxico.

95

UNA ZONA CERRADA POR UN CÍRCULO

—¿Pero qué hace una mujer tan increíblemente pequeña dentro de un nido?

Eso lo diría un él o una ella. O varios. O uno solo que contuviera varios. Varias.

—Hace lo que hace la pájara. —Esto sería un guiño.

La Increíblemente Pequeña saltaría entonces desde la palma de una mano y aterrizaría en el centro de un círculo. Ojos como linternas encendidas. Un escenario. Un lugar cuyo nombre es Brobdingang.

—No le digas a nadie que estamos aquí. —La voz muy baja.

—Sh. —Un dedo vertical sobre dos labios rosas.

—¿Sabes mantener un secreto? —La cabeza que sube y baja, que baja y sube.

El tiempo pasaría así. Y tú pasarías, entonces, a un lado del tiempo.

El escenario existiría, naturalmente. Existirían los ojos abiertos que, en círculo, iluminarían el centro del escenario, produciéndolo. La Mujer Increíblemente Pequeña existiría, sin duda, porque existirían las linternas luminosas de los ojos abiertos y, luego entonces, existirían su sombra y sus huesos. Porque existiría, porque su existir sería incontrovertible, podría preguntar:

—¿Y no me van a contar nada hoy? —La voz realmente exasperada. Los brazos en cruz sobre el pecho. El ceño en verdad fruncido. El pie derecho una y otra vez contra el piso.

—No, hoy no. —Escucharía—. Regresa mañana. —Un titubeo—. Mejor después. Regresa después de mañana. Y luego después.

—Y tú —añadiría, volviéndose a verme en el último minuto—. Tú no me hables de tú, ¿de acuerdo?

Todo esto sobre la gigantesca palma de una mano (que es un mundo), en cuyas líneas caminan tropiezan se deslizan (solo son tres verbos) los muertos.

Un libro. Esto es un libro. Alguien alguna vez dijo que todo ocurriría en el invierno de un libro. El libro me da miedo. Miedo de que se vaya. El invierno. El lenguaje de un clima. El frío. Alguien narraría: la mujer regresó muchas veces, algunas para preguntar, y otras solo para constatar que podía hacerlo. Se trataba de una acción repetitiva e inútil. Su merodear.

96

PREY TO THE QUESTION WHO IS KILLING ME? WHOM AM I GIVING MYSELF TO KILL?

Los titulares de la prensa vespertina lo expresarían de esta manera: VUELVE EL HORROR. BRUTAL ATAQUE EN UN CALLEJÓN.

la castración le permite al sujeto tomar a los otros como Otro en lugar de como lo mismo

Valerio, muchos años después, diría que luego de haber cerrado, sin resolver, el caso de los Hombres Castrados, cuando el Departamento de Investigación de Homicidios los había asignado ya a nuevas pesquisas a cada uno por su lado, recibieron un libro extraño. Evocaría el momento: la llamada por teléfono, los segundos que le tomó reconocer la voz y, luego, el asunto. Su hartazgo. Su incredulidad. Sus ganas de colgar. Aceptaría que, en aquel instante, ya no quería saber nada al respecto. El caso había sido demasiado complicado, demasiado emocional, demasiado oscuro. Alguien se había salido con la suya. Alguien se había divertido. Alguien o algunos lo habían arrastrado a él hacia extremos de sí mismo que no tenía deseo alguno de volver a visitar. No quería volver a experimentar el fracaso. No quería, sobre todo, tener contacto con la Detective. Diría, después, que estuvo a punto de colgar, que buscaba ya una excusa más o menos amable para hacerlo, cuando ella empezó a leer en voz alta algunas secciones del texto.

—¿La paz de algo resuelto? —habría tartamudeado—. ¿Eso dice? ¿Yo pude haberte dado la paz? ¿Así termina?

La risa de la Detective lo habría hecho dudar. El camino terrizo. La tormenta. El aroma del agua súbita. Por un momento, recordaría mucho después frente al espejo de su baño, la espuma de afeitar sobre sus mejillas caídas, se habría sentido capaz de regresar. Deseoso de regresar. Habría recordado los muchos días sin respuestas. Abrumadores, los días. Un mundo ahí, sobre los hombros. Habría recordado el pesar. El pesado pesar sobre los hombros. La impotencia. La rabia. La desazón. Todo eso, de repente, opacado por la luz de la palabra paz. La pacífica resolana de sus letras. Por un momento, ahí, los labios junto a la bocina, húmedos y ansiosos, estuvo convencido de que, aun sin la aprobación de sus superiores, podrían seguir investigando los brutales homicidios hasta resolverlos. Entre uno y otro caso de tráfico al menudeo de estupefacientes, entre una y otra instancia de robo organizado de autos, podrían seguir reuniéndose fuera de sus horas de trabajo, así lo creyó en ese instante, para leer poesía y hacerse preguntas hasta perder el sentido y constatar cosas extrañas. Podrían preguntarse: «¿Te hace falta un bosque?». Podrían responderse: «La idea es la emoción del pensamiento». Entre la rutina que ya lo mareaba de hastío, entre las cosas de diario, que eran tantas, podrían seguir leyendo, estuvo a punto de creer esto, textos entre líneas y verse hacia adentro de los ojos.

—Sí, Valerio, eso es lo que dice —interrumpiría entonces con euforia, con optimismo inusual, la Detective—. Exactamente eso.

—¿Hablaste ya con la persona que publicó el libro? —Recordaría que se lo preguntó animado, todavía deseoso de participar.

—Sí, pero sin resultado —habría dicho ella, la Detective, todavía sin dudar, todavía con la certeza de que se acercaba, a toda prisa, con desmañado furor, el fin, el fin deseado—. Él solo sabe lo que dice en el prólogo. No más.

—¿Nunca la vio?

—No. —La respuesta rauda—. Como si no existiera en realidad.

—Anne-Marie Bianco. —Evocaría la manera en que repitió ese nombre muy cerca de la bocina: una invocación, un mantra, un rezo—. Un nombre raro ¿verdad? Un nombre falso, ¿no es cierto?

—Un nombre sin cuerpo —contestaría ella, atenta, cautelosa—. O un nombre con el cuerpo equivocado en todo caso. Algo que parecería ser de mujer, pero quien sabe.

—Un nombre que es muchos nombres escondidos. Un nombre que no quiere ser asociado a nada concreto todavía —susurraría él después de un rato—. Sabes lo que significa eso, ¿verdad?

Muchos años después, y después aún de muchos años después, ya casi al final del tiempo, recordaría perfectamente lo que hizo en ese momento: cerró los ojos. Se talló los ojos cerrados con los dedos de la mano derecha. La distancia entre la cabeza y los pies, súbitamente enorme, concreta. Un gigante triste: eso era. El aire cada vez más ralo entre los labios. La exhalación lenta y estruendosa a la vez. Los ojos abiertos. Los pies. De algún lugar el ruido de las campanadas. Siete.

—Significa, Valerio, que el nombre, el otro, el escondido, el original si cabe el término, no quiere ser enunciado —habría mencionado ella, con pausas dolorosas entre cada letra—. Eso significa. Que no quiere que la encontremos.

Valerio habría recordado justo entonces su voz. Su otra voz. La voz con la que se había dado por vencida. Antes, años atrás. La voz que le había anunciado lo obvio: que los niños y las mujeres y los hombres seguían muriendo. Seguirían muriendo. La voz con la que constataba un hecho. Una voz sin acento.

—Lo sé —habría añadido ella—. Eso lo sé bien. Pero ¿se lee así la poesía, Valerio? —Había agua en su pregunta, mucha agua, edificios viejos, zapatos, cielos amplísimos. Recuerdos.

—Nunca supimos. —Recordaría su respuesta, la manera en que se la comunicó: sombrío de improviso, con una firmeza que aún no reconocería como propia—. Así no se lee todo esto.

Me diría años después, cada vez con mayor lentitud y en un tono más apagado, que ella, sin duda, lo había entendido más pronto e, incluso, antes que él mismo. Justo como lo hace una mujer. Reconocería que la Detective no había insistido. El silencio. El silencio de ella. Recordaría eso siempre. Diría que pudo oír su respiración a través del auricular. Su respiración acompasada. El graznar de muchos pájaros.

—Tienes razón, Valerio —le había dicho ella entonces, al final—. Así no se lee la poesía. Así no.

—¿Y eso fue todo? —le pregunté cuando comprendí que se detenía bajo la sombra de un árbol, la respiración vuelta un estrépito de pájaros, temerosa de que su relato no continuara más—. Así no se lee la poesía. ¿Eso?

Valerio guardó silencio y, evitando verme, como si yo no me encontrara ahí, se dedicó a tocar con suma delicadeza la corteza del árbol. Las yemas de los dedos. Las uñas rosadas. Las manchas oscuras sobre la piel. La inclinación del cuerpo, de la mente. Cuando interrumpí su amorosa inspección con la misma pregunta, ¿y eso fue todo?, el anciano se volvió a verme. Estiró los labios. Me vio.

—Al final le pregunté, todavía, si ella creía que eso fuera posible —susurró.

—¿Qué?

—Eso —dijo en voz muy baja—. Que alguien, que un asesino o asesina pudiera darle paz. Le pregunté si quería eso. La paz.

queda la muerte en segunda persona

La Mujer Increíblemente Pequeña diría, con su atemperado tono de foránea feliz, con su celebratoria inconciencia, que alguien, sin duda alguna, se seguía divirtiendo con todo esto. Volvería los ojos hacia el cielo y comprobaría, con un gran suspiro, que todavía era invierno.

inscribir algún signo sobre la superficie de un cuerpo desmembrado

—Recordaré este momento —dije en la voz baja del espanto o la intimidad—. En el futuro lo recordaré.

La Detective acababa de decir: la poesía no se lee así. Así no. Luego, había apagado su minúsculo teléfono.

Murmullos. Comida que se traga. Cucharas contra cuchillos. Vasos de agua. Pasos.

Trataba de no verla, pero la veía. No podía cerrar los ojos. No quiero, no. El rostro sin gesto. El rostro despojado de rostro. Una explanada. Un espacio para caminar hacia. Me dolí por ella. Pasó ahí, entonces. Eso. Se volvió para verme.

—Ese invierno sucedieron cosas extrañas —murmuró casi sin despegar los labios—. Hubo otros inviernos, muchos más, de hecho, también con cosas extrañas, pero las de ese invierno fueron —se interrumpió—. Habrá más. Supongo.

Movió la cabeza de izquierda a derecha. El tiempo. Todo el tiempo. Tocó el pequeño libro de líneas rotas y posó, con cautela, como quien evita un daño, la mirada sobre su cubierta. Pensé que no era una mujer hermosa. Se llevó un vaso de agua a la boca. Bajó la vista.

—Anne-Marie Bianco —murmuró. Luego levantó la mirada. No sé por qué en lugar de sentirme descubierta me sentí protegida bajo esa mirada—. ¿Será siempre la respuesta un nombre falso?

Las dos nos sonreímos.

—Lo peor es pedir —balbuceó después—. En eso tiene razón.

—Hoy no es el 25 de septiembre de 1972 —dije en voz muy baja pero sin dejar de verla. Ella volvió a sonreír apenas, sin ganas. Luego cerré los ojos para ver algo más, para ver otra cosa.

—¿Por qué no decir quién carajos habla? —preguntó.

—Nada —aseveró—, ello dirá.

—¿Para qué sirve una taza? —añadió.

97

NO TIENES DERECHO A SABER NADA DE LOS MUERTOS

A la víctima se le cubre el cuerpo

Esto es un velo.

Bajo el velo, la daga.
Sobre el velo, la ráfaga.

La ráfaga es tu respiración.

Violamos un libro para leerlo, pero lo ofrecemos cerrado.

EDMOND JABÈS

Toluca, Estado de México.
México, 5 de abril de 2003.
Praga, República Checa, 27 de abril de 2007.

Índice

Esta obra se terminó de imprimir
en el mes de noviembre de 2025,
en los talleres de Diversidad Gráfica S.A. de C.V.
Ciudad de México